ŒUVRES DE
MILAN KUNDERA

米兰·昆德拉

——

著

董强

——

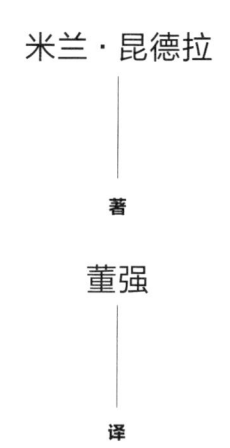

译

小说的艺术

L'ART DU ROMAN

上海译文出版社

我并不擅长理论。以下思考是作为实践者而进行的。每位小说家的作品都隐含着作者对小说历史的理解，以及作者关于"小说究竟是什么"的想法。在此，我陈述了我小说中固有的、我自己关于小说的想法。

这里的七篇文章写作、发表或宣讲于一九七九至一九八五年间。尽管当时都独立成篇,但我在构思时是想到以后要将它们汇集成册的。一九八六年,这一想法实现了。

目录

第一部分 受到诋毁的塞万提斯遗产
1

第二部分 关于小说艺术的谈话
27

第三部分 受《梦游者》启发而作的札记
57

第四部分 关于小说结构艺术的谈话
87

第五部分 那后边的某个地方
121

第六部分　　六十七个词
　　　　　　149

第七部分　　**耶路撒冷演讲：小说与欧洲**
　　　　　　195

第一部分

受到诋毁的塞万提斯遗产

1

一九三五年,埃德蒙·胡塞尔在去世前三年,相继在维也纳和布拉格作了关于欧洲人性危机的著名演讲。对他来说,形容词"欧洲的"用来指超越于地理意义之上(比如美洲)的欧洲精神的同一性,这种精神同一性是随着古希腊哲学而产生的。在胡塞尔看来,古希腊哲学在历史上首次把世界(作为整体的世界)看作是一个需要解决的问题。古希腊哲学探询世界问题,并非为了满足某种实际需要,而是因为"受到了认知激情的驱使"。

胡塞尔谈到的危机在他看来是非常深刻的,他甚至自问欧洲是否能在这一危机之后继续存在。危机的根源在他看来处于现代的初期,在伽利略和笛卡儿那里。当时,欧洲的科学将世界缩减成科技与数学探索的一个简单对象,具有单边性,将具体的生活世界，即胡塞尔所称的 *die Lebenswelt*，排除在视线之外了。

科学的飞速发展很快将人类推入专业领域的条条隧道之中。人们掌握的知识越深，就变得越盲目，变得既无法看清世界的整体，又无法看清自身，就这样掉进了胡塞尔的弟子海德格尔用一个漂亮的、几乎神奇的叫法所称的"对存在的遗忘"那样一种状态中。

人原先被笛卡儿上升到了"大自然的主人和所有者"的地位，结果却成了一些超越他、赛过他、占有他的力量（科技力量、政治力量、历史力量）的掌中物。对于这些力量来说，人具体的存在，他的"生活世界"（*die Lebenswelt*），没有任何价值，没有任何意义：人被隐去了，早被遗忘了。

2

然而我认为，将这一如此严峻地看待现代的观点看作是一种简单的控诉会很幼稚。我倒认为两位伟大的哲学家指出了这一时代的双重性：既堕落，又进步，而且跟所有人性的东西一样，在它的产生之际就蕴含了其终结的种子。在我看来，这一双重性并不贬低欧洲近四个世纪。我因为不是哲学家而是小说家，尤其眷恋这四个世纪。事实上，对我来说，现代的奠基人不光是笛卡儿，而且还是塞万提斯。

也许两位现象学家在对现代进行评判的时候忘了考虑到塞万提斯。我这样说的意思是：假如说哲学与科学真的忘记了人的存在，那么，相比之下尤其明显的是，多亏有塞万提斯，一种伟大的欧洲艺术从而形成，这正是对被遗忘了的存在进行探究。

事实上，海德格尔在《存在与时间》中分析的所有关于存在的重大主题（他认为在此之前的欧洲哲学都将它们忽视了），在四个世纪的欧洲小说中都已被揭示、显明、澄清。一部接一部的小说，以小说特有的方式，以小说特有的逻辑，发现了存在的不同方面：在塞万提斯的时代，小说探讨什么是冒险；在塞缪尔·理查逊①那里，小说开始审视"发生于内心的东西"，展示感情的隐秘生活；在巴尔扎克那里，小说发现人如何扎根于历史之中；在福楼拜那里，小说探索直至当时都还不为人知的日常生活的土壤；在托尔斯泰那里，小说探寻在人作出的决定和人的行为中，非理性如何起作用。小说探索时间：马塞尔·普鲁斯特探索无法抓住的过去的瞬间；詹姆斯·乔伊斯探索无法抓住的现在的瞬间。到了托马斯·曼那里，小说探讨神话的作用，因为来自遥远的年代深处的神话在遥控着我们的一举一动。等等，等等。

从现代的初期开始，小说就一直忠诚地陪伴着人类。它也受到"认知激情"（被胡塞尔看作是欧洲精神之精髓）的驱使，去探索人的具体生活，保护这一具体生活逃过"对存在的遗忘"；让小说永恒地照亮"生活世界"。正是从这个意义上讲，我理解并同意赫尔曼·布洛赫②一直顽固强调的：发现唯有小说才能发现的东西，乃是小说唯一的存在理由。一部小说，若不发现一点在它当

---

① Samuel Richardson（1689—1761），英国小说家。
② Hermann Broch（1890—1930），奥地利小说家。

时还未知的存在，那它就是一部不道德的小说。知识是小说的唯一道德。

我还要在此加上一点：小说是全欧洲的产物；它的那些发现，尽管是通过不同的语言完成的，却属于整个欧洲。发现的延续（而非所有写作的累积）构成了欧洲的小说史。只有在这样一个超国家的背景下，一部作品的价值（也就是说它的发现的意义）才可能被完全看清楚，被完全理解。

3

一直统治着宇宙、为其划定各种价值的秩序、区分善与恶、为每件事物赋予意义的上帝，渐渐离开了他的位置。此时，堂吉诃德从家中出来，发现世界已变得认不出来了。在最高审判官缺席的情况下，世界突然显得具有某种可怕的暧昧性；唯一的、神圣的真理被分解为由人类分享的成百上千个相对真理。就这样，现代世界诞生了，作为它的映象和表现模式的小说，也随之诞生。

笛卡儿认为思考的自我是一切的基础，从而可以单独地面对宇宙。这一态度，黑格尔有理由认为是一种英雄主义的态度。

塞万提斯认为世界是暧昧的，需要面对的不是一个唯一的、绝对的真理，而是一大堆相互矛盾的相对真理（这些真理体现在一些被称为小说人物的想象的自我身上），所以人所拥有的、唯一可以确定的，是一种不确定性的智慧。做到这一点同样需要极大的力量。

塞万提斯那部伟大的小说究竟想说什么？关于这一点已有大量的文献。有的认为是对堂吉诃德虚无缥缈的理想主义的理性化批评。有的则认为是对同一种理想主义的颂扬。这两种阐释都是错误的，因为它们都把小说的基础看作是一种道德态度，而不是一种探询。

人总是希望世界中善与恶是明确区分开的，因为人有一种天生的、不可遏制的欲望，那就是在理解之前就评判。宗教与意识形态就建立在这种欲望上。只有在把小说相对性、暧昧性的语言转化为它们独断的、教条的言论之后，它们才能接受小说，与之和解。它们要求必须有一个人是对的；或者安娜·卡列宁娜是一个心胸狭隘的暴君的牺牲品，或者卡列宁是一个不道德的女人的牺牲品；或者无辜的K是被不公正的法庭压垮的，或者在法庭的背后隐藏着神圣的正义，而K是有罪的。

这一"或者／或者"，实际意味着无法接受人类事件具有本质上的相对性，意味着无法面对最高审判官的缺席。正是由于做不到这一点，小说的智慧（不确定性的智慧）变得难以接受，难以理解。

4

堂吉诃德启程前往一个在他面前敞开着的世界。他可以自由地进入，又可以随时退出。最早的欧洲小说讲的都是一些穿越世界的旅行，而这个世界似乎是无限的。《宿命论者雅克和他的主人》

一开头就抓住了两个主人公在路上的情景；我们既不知道他们从哪里来，也不知道他们到哪里去。他们所处的时间既无开始，也无终止；他们所处的空间没有边界，只是处于欧洲之中，而对于欧洲而言，未来是永远不会终结的。

在狄德罗之后的半个世纪，在巴尔扎克那里，遥远的视野消失了，就像被现代建筑遮住的风景。这些现代建筑是些社会机构：警察局、法庭、金融与犯罪的世界、军队、国家，等等。巴尔扎克的时代不再具有塞万提斯或狄德罗那种乐呵呵的悠闲。他的时代已登上了被人称为历史的列车。上车容易下车难。然而，这趟列车还没有什么可怕的地方，它甚至还有些魅力。它向所有的乘客许诺，前方会有冒险，冒险中还能得到元帅的指挥棒。

再往下，对爱玛·包法利来说，视野更加狭窄，以至于看上去像被围住似的。冒险已处于视野外的一边，对冒险的怀念是无法忍受的。在日常生活的无聊中，梦与梦想的重要性增加了。外在世界失去了的无限被灵魂的无限所取代。个体具有无法取代的唯一性的巨大幻觉，最美的欧洲幻觉之一，绽放开来。

但是，当历史，或者历史的残留物，即一种全能社会的超人力量控制人类的时候，灵魂是无限的这一幻想就失去了它的魔力。历史不再向人许诺元帅的指挥棒，它甚至不肯向他许诺一个土地测量员的职位。面对着法庭的K，面对着城堡的K，又能做什么？做不了什么。他至少可以跟他之前的爱玛·包法利一样去梦想？不，境遇的陷阱太可怕了，像一个吸尘器，将他的所有想法与所有情感都吸走：他只能不停地想着对他的审判，想着他那土地测量员的职位。灵魂的无限，假如有的话，至此已成了人身上几乎无用的附庸。

5

小说的道路就像是跟现代齐头并进的历史。假如我回过头去，去看这整条道路，它让我觉得惊人的短暂而封闭。难道不就是堂吉诃德本人在三个世纪的旅行之后，换上了土地测量员的行头，回到了家乡的村庄？他原来出发去寻找冒险，而现在，在这个城堡下的村庄中，他已别无选择。冒险是强加于他的，是由于在他的档案中出现一个错误，从而跟管理部门有了无聊的争执。怎么回事，在三个世纪之后，小说中冒险这一头号大主题怎么了？难道它已成了对自己的滑稽模仿？这说明了什么？难道小说的道路最后以悖论告终？

是的，我们可以这么认为。而且悖论不止一个，悖论有许多。《好兵帅克》可能是最后一部伟大的通俗小说。这部喜剧小说同时又是一部战争小说，故事发生在军队，发生在前线，这一点难道不奇怪吗？战争和它的残酷到底怎么了，竟然变成了提供笑料的题材？

在荷马那里，在托尔斯泰那里，战争具有一种完全可以理解的意义：打仗或是为了得到美丽的海伦，或是为了捍卫俄罗斯。帅克与他的伙伴向前线挺进，却不知道是为着什么，而且更不可思议的是，他们对此根本就不感兴趣。

那到底什么是一场战争的动机，假如既非海伦又非祖国？仅仅是出于一种想确证自己力量的力量？也即后来海德格尔所说的"意志之意志"？然而，这种东西不是在古往今来所有战争后面都存在着吗？当然是的。但在这里，在哈谢克笔下，这种东西甚至都不试着通过一种稍微理性的调子来加以掩饰。没有人相信宣传的胡说八道，甚至发布宣传的人也不相信。这种力量是赤裸裸的，就像在卡夫卡的小说中一样赤裸。事实上，法庭处决K，没有任何好处，同样，城堡搅乱土地测量员的生活，也没有任何好处。为什么昨日的德国，今日的俄国，想要统治世界？为了更富裕吗？为了更幸福吗？不是。这种力量的进攻性完全没有利益性；没有动机；它只想体现它的意志；是纯粹的非理性。

所以卡夫卡与哈谢克让我们面对这一巨大的悖论：在现代，笛卡儿的理性将从中世纪继承下来的价值观一个个全部腐蚀殆尽。但是，正当理性大获全胜之际，纯粹的非理性（也就是只想体现其意志的力量）占据了世界的舞台，因为再没有任何被普遍接受的价值体系可以阻挡它。

这一悖论在赫尔曼·布洛赫的《梦游者》中得到了出色的揭

示，它是我喜欢称为终极悖论的悖论之一。还有别的终极悖论。比如：现代一直孕育着梦想，梦想人类在被分为各个不同的文明之后，终有一天可以找到一体性，并随之找到永恒的和平。今天，地球的历史终于形成了一个不可分的整体，但却是战争，游动的、无休止的战争，在实现并保证这一长期以来为人所梦想的人类的一体性。人类的一体性意味着：在任何地方，没有任何人可以逃避。

6

胡塞尔谈欧洲危机和欧洲人性可能消失的演讲是他的哲学遗嘱。他是在中欧的两个首都作这些演讲的。这一巧合有着深刻的含义：事实上，正是在中欧，西方首次在它的现代历史中，看到了西方的灭亡，或者更确切地说，看到了它本身的一块被宰割，当时华沙、布达佩斯和布拉格都被吞并入俄罗斯帝国。这一不幸的事件是由第一次世界大战造成的，这一由哈布斯堡王朝引发的战争不仅导致了帝国本身的灭亡，而且从此动摇了早已受到削弱的欧洲。

人仅需与自己灵魂中的魔鬼搏斗的最后和平时代，也就是乔伊斯与普鲁斯特的时代，一去不复返了。在卡夫卡、哈谢克、穆齐尔①、布洛赫等人的小说中，魔鬼来自外部世界，即人们称为历史的东西；这一历史已不再像冒险家的列车；它变得非个人，无法控制，无法预测，无法理解，而且没有人可以逃避它。正是在这一时刻（在一九一四年世界大战之后不久），一大批伟大的中欧小说家看见、触及并抓住了现代的那些终极悖论。

但不能把他们的小说看作是一种社会与政治预言，就好像是奥威尔提前出世了一样！奥威尔跟我们说的东西，完全可以在一篇随笔或者一篇论战文章中说出（甚至说得更好）。相反，这些小说家发现了"唯有小说才能发现的东西"：他们阐明，在"终极悖论"的前提下，所有的存在范畴如何突然改变了意义。什么是

---

① Robert Musil（1899—1942），奥地利小说家。

冒险，既然K的行动自由完全是虚幻的？什么是未来，既然《没有个性的人》中的知识分子根本没有料到，就在第二天，那场将他们的生活一扫而光的战争会爆发？什么是罪，既然布洛赫笔下的胡格瑙不光不后悔自己的杀人之举，而且还遗忘得一干二净？既然这个时代唯一一部伟大的喜剧小说即哈谢克的小说表现的是战争，那么究竟什么是喜剧性？私人世界与公众世界的区别到底是什么，既然K，即使在他做爱的床上，都无法甩掉两个从城堡派来的人？而在这种情况下，孤独又是什么？一种重负？一种焦虑？还是一种不幸，就像有些人所说的那样？抑或相反，是最可贵的价值，正遭受无处不在的集体性的蹂躏？

　　小说史的各个时期都很长（它们跟时尚的变化毫无关系），并以该时期小说优先探索的存在的这个或那个方面为特征。因此，福楼拜在日常生活中的发现所包含的可能性要到七十年后才在詹姆斯·乔伊斯的巨作中发挥得淋漓尽致。而五十年前由一大批中欧小说家开创的时期（即终极悖论时期），在我看来，还远远没有结束。

7

很久以来，人们常常提到小说的终结：特别是未来主义者、超现实主义者，以及几乎所有的先锋派。他们认为小说会在进步的道路上消失，让位给一个全新的未来，让位于一种与以往的任何艺术都不相同的艺术。小说可以说是以历史公正性的名义而被埋葬，正如悲惨贫穷的生活、统治阶级、老式的汽车或者圆顶礼帽一样。

然而，假如说塞万提斯是现代的奠基人，对他的继承的终结就意味着并非只是在文学形式历史上的简单接替；它所宣告的会是现代的终结。这就是为什么我认为人们在为小说致悼词时所带的自得微笑是肤浅的。之所以肤浅，是因为我在我度过了大半生的那个世界，也即被人一般称为极权的世界内，已经见过、体验过小说的死亡，它那残酷的（通过禁止、审查、意识形态高压实现的）死亡。那时候，十分明显，小说看来是会死亡的，和现代的西方一样是会死亡的。小说作为建立于人类事件相对性与暧昧性之上的世界的表现模式，跟极权世界是不相容的。这种不相容性要比一个体制内成员跟一个持不同政见者、一个人权的捍卫者跟一个施刑者之间的不相容性更深刻，因为它不仅是政治的或道德的，而且还是本体的。也就是说，一个建立在唯一真理上的世界，与小说暧昧、相对的世界，各自是由完全不同的物质构成的。极权的唯一真理排除相对性、怀疑和探询，所以它永远无法跟我所说的小说的精神相调和。

可是，在共产主义体制的俄国，小说不是也以成千上万的印量在发行，并且非常受欢迎？是的，但这些小说不再延续对存在的探究。它们并没有发现存在的任何新的方面；它们只是确证人们已经说过的；更有甚者，它们的存在理由，它们的荣耀，以及它们在所处社会中的作用，就是确证人们说的（人们必须说的）。由于它们什么也没发现，所以不再进入被我称为发现的延续的小说历史之中；它们游离于这一历史之外，或者说：这是一些在小说历史终结之后的小说。

大约半个世纪以来，小说的历史在共产主义体制的俄国已经停滞了。这是一个重大的事件,因为从果戈理到别雷①的俄国小说是那么伟大。所以小说的死亡并不是一个异想天开的想法。它已经发生了。而且我们现在知道小说是怎样死亡的:它没有消失;它的历史停滞了:之后,只是重复,小说在重复制造着已失去了小说精神的形式。所以这是一种隐蔽的死亡,不被人察觉,不让任何人震惊。

8

然而,小说走到末路,难道不是它本身的内在逻辑使然?难道不是已经穷尽了它所有的可能性,所有的知识,所有的形式?我听到过有人将它的历史比作是枯竭已久的煤矿。但它难道不更像是一座埋葬了许多机会,埋葬了许多没有被人听到的召唤的坟墓?我对四种召唤尤其感兴趣。

---

① Andrei Biely(1880—1934),俄国小说家。

游戏的召唤。劳伦斯·斯特恩[①]的《项狄传》和德尼·狄德罗的《宿命论者雅克和他的主人》今天在我看来是十八世纪最伟大的两部小说作品，两部像庞大的游戏一样被构思出来的小说。这是历史上，之前与之后，在轻灵方面无人能及的两座高峰。后来的小说出于真实性的要求，被现实主义的背景和严格的时间顺序所束缚。小说放弃了在这两部杰作中蕴藏的可能性，这些可能性原本是可以创立出一种跟人们已知的小说演变不同的道路的（是的，我们完全可以想象欧洲小说经历另外一种历史……）。

梦的召唤。十九世纪昏睡过去的想象力突然被弗兰兹·卡夫卡唤醒，他完成了后来超现实主义者提倡却未能真正实现的：梦与现实的交融。这一巨大的发现并非一种演变的结果，而是一种意想不到的开放，这种开放告诉人们，小说是这样一个场所，想象力在其中可以像在梦中一样迸发，小说可以摆脱看上去无法逃脱的真实性的枷锁。

思想的召唤。穆齐尔与布洛赫在小说的舞台上引入了一种高妙

---

① Laurence Sterne（1713—1768），英国小说家。

的、灿烂的智慧。这并不是要将小说转化为哲学，而是要在叙述故事的基础上，运用所有手段，不管是理性的还是非理性的，叙述性的还是思考性的，只要它能够照亮人的存在，只要它能够使小说成为一种最高的智慧综合。他们所达到的成就究竟意味着小说历史的终结呢，还是相反，是在邀请人们踏上漫长的新旅程？

时间的召唤。终极悖论时期要求小说家不再将时间问题局限在普鲁斯特式的个人回忆问题上，而是将它扩展为一种集体时间之谜，一种欧洲的时间，让欧洲回顾它的过去，进行总结，抓住它的历史，就像一位老人一眼就看全自己经历的一生。所以要超越个体生活的时间限制（小说以前一直囿于其中），在它的空间中，引入多个历史时期（阿拉贡[1]与富恩特斯[2]都有类似的尝试）。

但我并不想预言小说未来的道路。其实我对此一无所知。我想要说的只是：假如小说真的应该消失，那并非是因为它已精疲力竭，而是因为它处于一个不再属于它的世界之中。

---

[1] Louis Aragon（1897—1982），法国作家。
[2] Carlos Fuentes（1928—2012），墨西哥作家。

9

伴随着地球历史的一体化过程——上帝不怀好意地让人实现了这一人文主义的梦想——的是一种令人眩晕的简化过程。应当承认,简化的蛀虫一直以来就在啃噬着人类的生活:即使最伟大的爱情最后也会被简化为一个由淡淡的回忆组成的骨架。但现代社会的特点可怕地强化了这一不幸的过程:人的生活被简化为他的社会职责;一个民族的历史被简化为几个事件,而这几个事件又被简化为具有明显倾向性的阐释;社会生活被简化为政治斗争,而政治斗争被简化为地球上仅有的两个超级大国之间的对立。人类处于一个真正的简化的旋涡之中,其中,胡塞尔所说的"生活世界"彻底地黯淡了,存在最终落入遗忘之中。

然而,假如小说的存在理由是要永恒地照亮"生活世界",保护我们不至于坠入"对存在的遗忘",那么,今天,小说的存在是否比以往任何时期都更有必要?

是的,我认为如此。但可惜的是,小说也受到了简化的蛀虫的攻击。蛀虫不光简化了世界的意义，而且还简化了作品的意义。小说（正如一切文化）越来越落入各种媒体手中。作为地球历史一体化爪牙的媒体扩大并明晰了简化的过程；它们在全世界传播同样的可以被最多的人，被所有人，被全人类接受的简化物与俗套。而且不同的喉舌显示出不同的政治利益也无关紧要。在这一表面的不同后面，其实统治着一种共同的精神。只要随便翻阅一下美国或者欧洲的政治周刊，就可以发现，无论是左翼的还是右翼的，从《时代》周刊到德国《明镜》周刊，它们都有着同样的生活观，具体体现为同样的目录次序，同样的栏目，同样的新闻形式，同样的词汇，同样的风格，同样的艺术品位，而且它们所认为重要的与次要的也处于同样的等级关系之中。在政治的多元化背后，隐藏着大众媒体这种共同的精神，而这正是我们时代的精神。这一精神，在我看来，与小说的精神相反。

小说的精神是复杂性。每部小说都在告诉读者："事情要比你想象的复杂。"这是小说永恒的真理，但在那些先于问题并排除问题的简单而快捷的回答的喧闹中，这一真理越来越让人无法听到。

对我们的时代精神来说，或者安娜是对的，或者卡列宁是对的，而塞万提斯告诉我们的有关认知的困难性以及真理的不可把握性的古老智慧，在时代精神看来，是多余的、无用的。

小说的精神是延续性。每部作品都是对它之前作品的回应，每部作品都包含着小说以往的一切经验。但我们时代的精神只盯着时下的事情，这些事情那么有扩张力，占据那么广的空间，以至于将过去挤出了我们的视线，将时间简化为仅仅是现时的那一秒钟。一旦被包容到了这样一个体系之中，小说就不再是作品（即一种注定要持续、要将过去与将来相连的东西），而是现时的事件，跟别的事件一样，是一个没有明天的手势。

10

这是不是说，在"不再属于它的世界"中，小说要消失？要让欧洲坠入"对存在的遗忘"？只剩下写作癖无尽的空话，只剩下小说历史终结之后的小说？我不知道。我只相信自己知道小说已无法与我们时代的精神和平相处：假如它还想继续去发现尚未发现的，假如作为小说，它还想"进步"，那它只能逆着世界的进步而上。

先锋派不是这样看问题的；先锋派总是抱有与未来和谐同步的雄心。先锋艺术家创作出作品，确实是大胆的，不容易被人接受的，具有挑衅性，被人嘘，但他们在创作的时候，确信"时代精神"是跟他们在一起的，确信到了明天，时代精神会证明他们是对的。

以前，我也把未来看作是唯一能够评判我们的作品与行为的审判官。后来，我明白了，跟未来调情是最糟糕的保守主义，是向最强权者懦弱地献媚。因为未来总是比现时更强些。确实，将由未来评判我们。但未来一定会不胜任它的评判权。

可是，假如未来在我眼中不再代表一种价值，那么我还应当信赖谁：上帝？祖国？人民？个人？

我的回答既可笑又真诚：我什么也不信赖，只信赖塞万提斯那份受到诋毁的遗产。

第二部分

关于小说艺术的谈话

克里斯蒂安·萨尔蒙：我希望将这次谈话内容定为您小说的美学。可从哪里谈起呢？

米兰·昆德拉：从我的小说不是心理小说谈起。更确切地说：它们超越于一般称为心理小说的美学之上。

萨：可所有的小说不都必然是心理的吗？也就是说关注心理之谜？

昆：说得再确切一些：任何时代的所有小说都关注自我之谜。您一旦创造出一个想象的人，一个小说人物，您就自然而然要面对这样一个问题：自我是什么？通过什么可以把握自我？这是小说建立其上的基本问题之一。通过对这一问题的不同回答，如果愿意的话，您可以区分出不同的倾向，或者也许可以区分出小说史的不同阶段。最早的欧洲叙述者甚至都不知道什么叫心理手法。薄伽丘只是简单地叙述一些行动与冒险经历。然而，在所有这些有意思的故事后面，可以看到一种信念：通过行动，人走出日常生活的重复性世界，在这一重复性世界中，人人相似；通过行动，人与他人区分开来，成为个体。但丁说："在任何行动中，行动的那个人的最初意图就是要展示他个人的形象。"在最初的时候，行动被认为是行动者本人的自画像。在薄伽丘之后过了四个世纪，狄德罗的怀疑更深，他笔下的宿命论者雅克诱惑了朋友的未婚妻，沉醉于幸福之中；父亲痛打了他一顿，正好有一支军队路过，出于气恼他应征入伍。第一场战役，他就在膝盖上挨了一枪，至死都是一瘸一拐的。他自认为开始了一次艳遇，实际上却走向了残疾之路。他在自己的行为当中，无法认出自己。在行为与他之间产生了一道裂缝。人想通过行动展示自身的形象，可这一形象并不与他相似。行动的这一悖论式特性，是小说伟大的发现之一。但是，假如说自我在行动中无法把握，那么在哪里，又以何种方式，可以把握它？于是下面的一刻就到来了：小说在探寻自我的过程中，不得不从看得见的行动世界中掉过头，去关注看不见的内心生活。在十八世纪中叶，理查逊通过书信发现了小说的新形式，人物在信件中坦白他们的想法与情感。

萨：这就是心理小说的诞生？

昆：当然，这个词不确切，是大概的说法。我们要回避这种说法，转而用一种迂回的说法：理查逊将小说推上了探究人的内心生活之路。我们都知道他的那些伟大的继承者：写《维特》的歌德、拉克洛[①]、贡斯当[②]，然后是司汤达，以及与他同时代的作家。这一演变的最高峰在我看来是普鲁斯特和乔伊斯。乔伊斯分析的是比普鲁斯特的"失去的时间"更难以把握的东西：现在时刻。看上去好像没有比现在时刻更明显、更可感知、更可触及的东西了。其实，我们根本无法抓住现在时刻。生活的所有悲哀就在这一点上。就在那么一秒钟内，我们的视觉、听觉以及嗅觉（有意识或无意识地）记录下一大堆事件，同时有一连串的感觉与想法穿过我们的脑子。每一个瞬间都是一个小小的世界，在接下来的瞬间马上就被遗忘了。而乔伊斯伟大的显微镜会将这一转瞬

---

① Pierre Choderlos Laclos（1741—1803），法国小说家。
② Benjamin Constant（1767—1830），法国作家。

即逝的时间定住，抓住并让我们看到它。但是，对自我的探索又一次以悖论告终：观察自我的显微镜的倍数越大，自我以及它的唯一性就离我们越远：在乔伊斯的显微镜下，灵魂被分解成原子，我们人人相同。但是，如果说自我以及它的唯一性在人的内心生活中无法把握，那么在哪里，又以何种方式，可以把握它们？

萨：而且究竟能否把握它们呢？

昆：当然不能。对自我的探究总是而且必将以悖论式的不满足而告终。我没用失败这个词。因为小说不可能超越它本身可能性的局限，显示出这些局限就已经是一个巨大的发现，是认知上的一个巨大成果。然而，在了解到对自我的内心生活进行细致探究到底意味着什么之后，一些伟大的小说家还是开始有意识或无意识地寻找新的方向。一般人说到现代小说时认为有三位一体：普鲁斯特、乔伊斯和卡夫卡。然而在我看来，这三位一体是不存在的。在我个人心目中的小说史里，是卡夫卡开辟了新的方向：后普鲁斯特方向。他构思自我的方式是人们完全意料不到的。K这个人物通过什么而被定义为一个具有唯一性的人？既不是通过他的外表（我们对此一无所知），也不是通过他的生平（我们并不知道），也不是通过他的姓氏（他没有姓氏），也不是通过他的回忆，他的个人喜好，或者他的情结。通过他的行为？可他行动的自由空间小得可怜。通过他内心的想法？卡夫卡确实时时表现K的各种想法，但这些想法都仅仅是关于即时处境的：在此时此地应当做什么？是去接受审讯还是逃跑？遵从教士的召唤还是不遵从？K的整个内心生活都被他所陷的处境占据，任何可能超越于这一处境之外的东西（他的回忆，他形而上的思考，他关于别人的看法，等等）都没有向我们展示。对普鲁斯特来说，人的内心世界构成了一个奇迹，一个不断让我们惊讶的无限世界。但让卡夫卡惊讶的不在这里。他不问决定人行为的内在动机是什么。他提出的问题是完全不同的：在一个外在决定性具有如此摧毁性力量，以至于人的内在动机已经完全无足轻重的世界里，人的可能性还能是些什么？事实上，假如K有同性恋倾向，或者在他后面有个痛苦的爱情故事，他的命运与态度能有什么改变吗？根本不能。

萨：这就是您在《不能承受的生命之轻》中所说的，"小说不是作者的忏悔,而是对于陷入尘世陷阱的人生的探索"。可在这里陷阱究竟是什么意思?

昆:生活是一个陷阱,这一点,人们早就知道了:人生下来,没有人问他愿不愿意;他被关进一个并非自己选择的身体之中,而且注定要死亡。相反,在以前,世界的空间总是提供着逃遁的可能性。一个士兵可以从军队逃出,在邻近的一个国家开始另一种生活。在我们这个世纪,突然间,世界在我们周围关上了门。将世界转变为陷阱的决定性事件大概是一九一四年的战争,(史无前例地)被称为世界大战。这里的"世界"两字是假的,其实只涉及欧洲,而且还不是全欧洲。但"世界"作为定语,雄辩地说明了一种恐怖感,因为必须面对一个事实:从此之后,地球上发生的任何一件事都不再是区域性的了,所有的灾难都会涉及全世界,而作为结果,我们越来越受到外界的制约,受到任何人都无法逃避的处境的制约,而且这些处境使我们越来越变得人人相似。

但请不要误解我。假如说我的小说并非所谓的心理小说,并不意味着我的人物没有内心生活。这只是说我的小说首先捕捉的是些别的谜，是些别的问题。这也不是说我指责那些喜欢表现心理的小说。在普鲁斯特之后情况的变化让我对过去充满了怀念。随着普鲁斯特离开，一种宏大的美缓缓离我们而去，越离越远，而且是一去不返了。贡布罗维奇①有一个既荒唐又天才的想法。他说，我们每个人自我的重量取决于地球上人口的数量。所以德谟克利特相当于人类四亿分之一的重量，勃拉姆斯相当于十亿分之一的重量；贡布罗维奇本人则相当于二十亿分之一的重量。从这一算术角度来看，普鲁斯特笔下的无限世界的重量，一个自我的重量，一个自我的内心生活的重量，变得越来越轻了。在这一冲向轻的赛跑中，我们已经越过了一个致命的限度。

萨：从您最早的作品起，自我的"不能承受之轻"就一直是您的困扰。比如《好笑的爱》，比如其中的短篇《爱德华与上帝》。爱德华在跟年轻的阿丽丝有了初夜的恋情之后，被一种奇怪的、不自在的感觉占据了心，这在他个人故事中占有决定性的位置。

---

① Witold Gombrowicz（1904—1969），波兰小说家。

他看着他的女朋友,心里想"阿丽丝的思想只不过是镶贴在她命运上的一件东西,而她的命运只不过是镶贴在她肉体上的一样东西,而他在她身上看到的只是一个肉体、一些思想与一段履历的偶然组合,无机、随意、不稳定的组合"。在另一个短篇《搭车游戏》中,年轻的姑娘在小说的最后几段完全被自己身份的不确定搅乱了,她一边抽泣,一边重复说着:"我是我,我是我,我是我……"

昆:在《不能承受的生命之轻》中,特蕾莎在照镜子,她寻思假如她的鼻子每天伸长一毫米会发生什么样的事情。直到多长时间以后,她的脸会变得根本无法辨认?而假如她的脸不再像特蕾莎,那特蕾莎是否还成其为特蕾莎?自我从何处始,到何处止?您看:在灵魂不可测知的无穷面前,没有些许惊奇;在自我与自我身份的不确定面前,倒有这般惊讶。

萨:在您小说中没有任何内心独白。

昆:乔伊斯在布卢姆的脑袋里安置了一个麦克风。多亏了内心独白这一奇妙的间谍行为,我们就我们自己是什么了解到了不少东西，但我不懂如何使用这个麦克风。

萨：在乔伊斯的《尤利西斯》中，内心独白贯穿了整部小说，是它结构的基础，是主要的手法。在您的小说中，是哲学思考起了这个作用吗？

昆：我认为"哲学"一词不恰当。哲学在一个抽象的空间中发展自己的思想，没有人物，也没有处境。

萨：您的《不能承受的生命之轻》开头是关于尼采的永恒轮回的思考。假如说那不是一种以抽象方式发展起来的没有人物、没有处境的哲学思考，那又是什么呢？

昆：当然不是！这一思考从小说的第一行开始就直接引出了一个人物——托马斯——的基本处境；它陈述了他的问题，即在一个没有永恒轮回的世界中的存在之轻。您看，我们最后又回到了我们的问题：在所谓的心理小说之外，有什么？换言之：有什么办法可以不通过心理而去把握自我？把握自我，在我的小说中，就是意味着，抓住自我存在问题的本质，把握自我的存在密码。在创作《不能承受的生命之轻》时，我意识到，这个或那个人物的密码是由几个关键词组成的。对特蕾莎来说,这些关键词分别是:身体,灵魂,眩晕,软弱,田园牧歌,天堂。对托马斯来说:轻,重。在题为《不解之词》一章中,我探讨了弗兰茨和萨比娜的存在密码,分析了好几个词:女人,忠诚,背叛,音乐,黑暗,光明,游行,美丽,祖国,墓地,力量。每一个词在另一个人的存在密码中都有不同的意义。当然,这一密码不是抽象地研究的,而是在行动中、在处境中渐渐显示出来的。比如《生活在别处》第三部:腼腆的主人公雅罗米尔还是个童男。有一天他跟他的女友出去散步,突然女友将头靠在了他肩上,他幸福到了极点,甚至身体也兴奋起来。我就停在这个小事件上,看到了以下事实:"雅罗米尔至此为止所体验到的最大幸福,就是一个姑娘将头靠在了他的肩上。"从这一点出发,我试着把握雅罗米尔的情色观。"对他来说,一个姑娘的头比一个姑娘的身体更具意义。"我需要说明的是,这并不意味着身体对他来说无所谓,而是说:"他所欲求的不是姑娘裸露的身体,他欲求的是在裸体的光芒照耀下的姑娘的脸蛋。他不是要占有姑娘的身体;他要的是占有姑娘的脸蛋,而这张脸蛋将身体赠予他，作为爱情的证明。"我试图为这样一种态度命名。我选择了温情这个词。然后我审视这个词：确实，究竟什么是温情？我得出一系列的答案。"温情只有当我们已届成年，满怀恐惧地回想起种种我们在童年时不可能意识到的童年的好处时才能存在。"接着："温情，是成年带给我们的恐惧。"接下来又是一个定义："温情，是想建立一个人造的空间的企图，在这个人造的空间里，将他人当孩子来对待。"您看，我并不向您展示在雅罗米尔脑海中发生的事情，我展示的是在我自己脑海中发生的事情：我长久地观察我的雅罗米尔，然后我试着一步一步地靠近他态度的核心，去理解他的态度，为之命名，从而把握它。

在《不能承受的生命之轻》中，特蕾莎跟托马斯在一起生活，但她的爱要求她使出自己所有的力量，于是，突然间，她受不了了，她想向后转，回到"下边"去，回到她来的地方。于是我问自己："她怎么了？"我找到了答案：她眩晕了。但什么是眩晕？我试着找出定义，我说："（眩晕是）一种让人头昏眼花的感觉，一种无法遏止的坠落的欲望。"但马上我修改了自己的话，我将定义修改得更精确:"……眩晕是沉醉于自身的软弱之中。意识到自己的软弱,却并不去抗争,反而自暴自弃。人一旦迷醉于自身的软弱,便会一味软弱下去,会在众人的目光下倒在街头,倒在地上,倒在比地面更低的地方。"眩晕是理解特蕾莎的钥匙之一。而不是理解您或者我的钥匙。然而,不管是您还是我,我们都知道这种眩晕,至少作为我们的一种可能性,作为存在的一种可能性。我必须创造出特蕾莎这个人物,一个"实验性的自我",来理解这种可能性,来理解眩晕。

但受到探询的不仅仅是这些特别的处境,整部小说都只是一个长长的探询。思考式的探询(或探询式的思考)是我所有小说构建其上的基础。让我们以《生活在别处》为例。这部小说最初的题目是《抒情时代》。在一些朋友的压力下,我在最后改了题目。他们认为这个题目太平淡、太老派了。我听从他们的意见,实际是干了件蠢事。实际上,我认为选择一部小说的主要范畴当题目是很好的。《玩笑》《笑忘录》《不能承受的生命之轻》。甚至《好笑的爱》。不能把这个题目的意思理解为"好玩的爱情故事"。

爱情在人心目中，与严肃联在一起。而好笑的爱一般就是失去了严肃性的爱情。这一概念对现代人来说极其重要。但还是回到《生活在别处》上来吧。这部小说建立在几个问题上：什么是抒情的态度？作为抒情时代的青年时代是怎么回事？抒情／革命／青年这三者联姻的意义是什么？做一个诗人是什么意思？我记得刚开始写这部小说的时候，创作的大前提就是我在笔记中写下的这么一个定义："诗人是一个在母亲的促使下向世界展示自己、却无法进入这个世界的年轻人。"您看这个定义既非社会学的，也非美学的，也非心理学的。

萨：现象学的。

昆：这个形容词不差，但我不允许自己用它。我太害怕那些认为艺术只是哲学和理论思潮衍生物的教授了。小说在弗洛伊德之前就知道了无意识，在马克思之前就知道了阶级斗争，它在现象学家之前就实践了现象学（对人类处境本质的探寻）。在不认识任何现象学家的普鲁斯特那里，有着多么美妙的"现象学描写"！

萨：我们来概括一下。把握自我有许多方法。首先，是通过行动。然后，是在内心生活中。而您则确信：自我是由其存在问题的本质所决定的。这一态度在您那里有着许多后果。比如，您致力于理解各种处境的本质，所以让您觉得所有的描写技巧都已过时。您几乎从来不讲您人物的外表。而且，由于您对心理动机的探寻不如对处境的分析那么感兴趣，您对您人物的过去也不肯多费笔墨。叙述过于抽象的一面是否会使您的人物变得不那么生动？

昆：您试试拿这个问题去问一问卡夫卡或穆齐尔。而且真有人向穆齐尔问过这个问题。甚至一些非常有文化的人都批评他不是一位真正的小说家。瓦尔特·本雅明欣赏他的智慧但不欣赏他的艺术。爱德华·罗蒂提[①]认为他的人物没有生命力，并劝他以普鲁斯特为学习榜样。他说，跟狄奥蒂姆相比，维尔迪兰夫人是多么生动、真实！确实，悠久的心理写实主义传统创立了几个几乎不可打破的程式：其一，必须为一个人物提供尽可能多的信息，

---

① Edouard Roditi（1910—1992），法国出生的超现实主义作家。

包括他的外表、他的说话方式以及行为方式；其二，必须让人知道一个人物的过去，因为其中隐藏着他现时行为的所有动机；其三，人物必须具备完全的独立性，也就是说作者与他自身的想法必须消失，不去干扰读者，因为读者愿意相信幻觉，并把虚构当作现实。穆齐尔打破了小说与读者间的古老契约。而且别的小说家也跟他一样做了。对布洛赫笔下最伟大的人物埃施的外表，我们知道什么？什么也不知道，除了一点，他的牙齿很大。我们对K或者帅克的童年又知道什么？而且无论是穆齐尔、布洛赫，还是贡布罗维奇，都不觉得通过思想而在小说中出现有丝毫不妥。人物不是一个对真人的模仿，它是一个想象出来的人，一个实验性的自我。小说于是回到了它的开始。堂吉诃德作为活生生的人几乎是不可想象的。然而，在我们的记忆中，有哪一个人物比他更生动？请不要误解，我并非瞧不起读者，瞧不起读者让自己被小说的想象世界带着走，将之时时与现实混淆起来的愿望，这一愿望虽然天真，却是合理的。但我认为这样做并非一定要运用心理写实主义的技巧不可。我最初读《城堡》的时候是十四岁。在同一时期，我崇拜住在我家附近的一位冰球高手。我想象中的K就是他那个样子。直到今天我还是这样看K的。我这样说的意思是读者的想象会自动地补充作者的想象。托马斯是金发还是棕发？他父亲是富人还是穷人？您可以自己选择！

萨：可您并不总是遵循这一规则：在《不能承受的生命之轻》中，假如说托马斯几乎没有任何过去，特蕾莎可是有她的童年的，而且还有她母亲的童年！

昆：在小说中，您可以读到这样一句话："她的生命也只是她母亲生命的延续，有点像台球的移动，不过是台球手的胳膊所做的动作的延续。"我提到了母亲，并非是要排列出一系列关于特蕾莎的资讯，而是因为母亲是她的主要主题，因为特蕾莎是"她母亲生命的延续"，并因此而感到痛苦。我们也知道她的乳房不大，"乳头周围太大太深的乳晕"，仿佛它们是"乡村画家应饥不择食者的要求画出来的淫画"。这一资讯也是必要的，因为身体是特蕾莎的另一个重要主题。相反，关于她的丈夫托马斯，我丝毫没有谈及他的童年、他的父亲、他的母亲、他的家庭，他的身体与他的脸对我们来说完全陌生，因为他的存在问题的本质扎根于别的主题之中。这一资讯的缺乏并不使他不够"生动"，因为让一个人物"生动"意味着：挖掘他的存在问题。这就意味着：挖掘一些处境、一些动机，甚至一些构成他的词语。而非任何其他别的。

萨：您的小说观可以定义为关于存在的一种诗意思考。然而您的小说并不总是这样被理解的。在里面可以找到许多政治事件，从而引发一种社会学、历史学或意识形态的阐释。您如何调和您对社会历史的兴趣跟您认为小说应当首先探索存在之谜的信念？

昆：海德格尔有一个极其著名的说法，指出了存在的特点：世界中的存在（*in-der-Welt-sein*）。人跟世界的关系不像主体跟客体、眼睛与画幅的关系，甚至都不像一个演员跟舞台布景的关系。人与世界连在一起，就像蜗牛与它的壳：世界是人的一部分，世界是人的状态。随着世界的变化，存在（世界中的存在）也在变化。自巴尔扎克始，我们的存在的"世界"具有历史性特点，人物的生活处在一个充满了日期的时光空间内。之后的小说再也无法摆脱巴尔扎克的这一遗产。即使是编造了许多异想天开、不可思议的故事，打破了所有真实性原则的贡布罗维奇也无法逃避。他的小说处于一个日期标得分明的时间内，具有极大的历史性。但不能混淆两件事情：一方面是审视人类存在的历史范畴的小说，另一方面是表现特定的历史环境的小说，是对一个特定时期的社会的描述，是一种小说化的历史记录。您一定知道所有那些关于法国大革命，关于玛丽王后，或者关于一九一四年战争，关于苏联的集体化进程（不管是持赞成还是反对态度），还有关于一九八四年的小说。所有那些，都是一些大众化的小说，通过小说语言表现一种非小说的知识。而我将不遗余力地重复，小说唯一的存在理由是说出唯有小说才能说出的东西。

萨：但小说关于历史能说出什么特别的呢？或者说：您处理历史的方式是什么？

昆：以下是我的几个原则。首先：所有的历史背景都以最大限度的简约来处理。我对待历史的态度，就像是一位美工用几件情节上必不可少的物件来布置一个抽象的舞台。

第二个原则：在历史背景中，我只采用那些为我的人物营造出一个能显示出他们的存在处境的背景。比如：在《玩笑》中，路德维克看到他所有的朋友与同事都举起手来，轻而易举地表决赞成将他开除出学校，从而彻底地改变他的生活。他确信，如果需要，他们也会同样轻而易举地表决赞成将他处以绞刑。于是他对人的定义就是：一个可以在任何情况下将他的邻人推向死亡的生灵。路德维克这种根本性的人类学体验因此是有一些历史根源的，但对历史本身的描写（党的作用，恐怖的政治根源，社会机构的组织，等等）并不让我感兴趣，您在小说中找不到这些东西。

第三个原则：历史记录写的是社会的历史，而非人的历史。所以我的小说讲的那些历史事件经常是被历史记录所遗忘了的。比如，在一九六八年捷克斯洛伐克被俄国人侵占之后几年内，在对民众施行高压恐怖之前，官方组织了几次大规模的灭狗行动。这一历史片断被历史学家和政治学家完全忘却了，而且对他们来说无关紧要，但它具有极高的人类学意义！我仅仅通过这一历史片断就暗示出了《告别圆舞曲》的历史氛围。另举一个例子：在《生活在别处》的决定性时刻，历史以一条不雅观、难看的短裤的形式介入，在当时找不出一条同样的短裤来：雅罗米尔面对着他一生中最美好的情色机会，由于害怕被看到穿着短裤而显得可笑，不敢脱衣服而选择了逃跑。不雅观！这也是一个被遗忘了的历史背景，但对一个被迫生活在极权体制下的人来说，是多么重要。

但最深入的是第四个原则：不光历史背景必须为一个小说人物创造出新的存在处境，而且历史本身必须作为存在处境来理解，来分析。比如：在《不能承受的生命之轻》中，亚历山大·杜布切克在被俄罗斯军队逮捕、绑架、关入监狱、威胁，迫不得已跟勃列日涅夫交涉之后，回到了布拉格。他在广播上讲话，可他说不出话来，他喘着气，在话与话之间作出长长的、令人难以忍受的停顿。这一历史片断（其实这一片断完全被人遗忘了，因为在两个小时之后，广播电台的技术人员被迫剪掉了他讲话中那些艰难的停顿）向我表明的就是软弱，作为存在的一个非常普遍的范畴的软弱："面对强力，人总是软弱的，即使拥有杜布切克那样健壮的身体。"特蕾莎无法忍受这一软弱的场面，它让她厌恶，让她感到羞耻，于是她更愿意侨居他乡。但面对托马斯的不忠，她就像是杜布切克面对勃列日涅夫：手无寸铁、软弱不堪。而您已经知道了什么是眩晕：就是沉醉于自身的软弱，是无法遏止的坠落的欲望。特蕾莎突然间明白了"她属于那些弱者，属于弱者的阵营，属于弱者的国家。她应该忠于他们，因为他们都是弱者，因为他们弱得说话都透不过气来"。沉醉于软弱中的她离开托马斯，回到了布拉格，那个"弱者的城市"。历史环境在这里并非一个各种人类处境在它前面展开的背景，而是本身就构成一个人类处境，一个扩大化的存在处境。

同样，布拉格之春在《笑忘录》中，不是以它的政治、历史、社会范畴，而是作为根本的存在处境之一来描绘的。人（一代人）在行动（进行一场革命），但他的行动让他无法把握，不再服从他（革命在施虐，屠杀，破坏），于是他竭尽全力去弥补，想控制住这一不再听话的行动（一代人发起了一场对立的、改革的运动）而终究无济于事。行动一旦失控，永远无法弥补。

萨：这让我们想到您在开头说的宿命论者雅克的处境。

昆：但这一回，涉及的是一个集体的、历史的处境。

萨：要理解您的小说，了解捷克的历史重要吗？

昆：不，所有必须了解的，小说本身已经说了。

萨：对小说的阅读无需任何历史知识？

昆：有欧洲历史呀。从公元一千年到今天，欧洲历史都只是共同的、唯一的历史。我们属于这一历史，我们所有的行动，不管是个人的还是国家的，只有在与欧洲历史相联系的时候才显示出它们决定性的意义。我可以不知道西班牙的历史而理解《堂吉诃德》。但我如果对欧洲历史进程没有一个哪怕是笼统的了解，比如它的骑士时代，它的艳情风俗，它从中世纪到现代的过渡，就无法理解。

萨：在《生活在别处》中，雅罗米尔一生的每一阶段都跟兰波、济慈、莱蒙托夫等人的生平片段相对照。布拉格的五一游行则跟巴黎一九六八年五月的学潮联系在了一起。因此，您为您小说中的主人公创造了一个包括全欧洲在内的巨大舞台。然而，您的小说发生在布拉格。它尤其表现一九四八年捷共上台之后的情况。

昆：对我来说，这部小说描绘的是欧洲革命，是欧洲革命的缩影。

萨：这一事变是欧洲革命？那是从莫斯科引进的？

昆：不管多么不真实，这一事变是被当作一场革命来经历的。它的逻辑，它造成的幻觉，它引起的反应，它的行为，它的罪行，今天都让我感到它是对欧洲革命传统的一个滑稽模仿，一个缩影。就像是欧洲革命时代的延续与可笑的终止。正如小说主人公雅罗米尔作为雨果和兰波的"延续"，是欧洲诗歌可笑的终止一样。在一个民间艺术正在消失的时代，雅洛斯拉夫在《玩笑》中将民间艺术的千年历史延续了下去。在《好笑的爱》中的哈威尔医生是唐璜主义已不再可能的时代中的一个唐璜。在《不能承受的生命之轻》中的弗兰茨是欧洲左翼伟大的进军最后的忧郁回声。而在波希米亚一个偏远村庄里的特蕾莎不光远离了她国家的整个公共生活，而且远离了"人类的道路，而人类，'大自然的主人和所有者'，在这条路上继续向前走"。所有这些人物不光终止了他们个人的历史，而且还终止了超越于个人之上的欧洲境遇的历史。

萨：也就是说您的小说处于被您称为"终极悖论时期"的现代的最后一幕。

昆：可以这么讲。但我们要避开一种误解。我在写《好笑的爱》中哈威尔的故事时，我并不是想讲一个唐璜式的冒险已终止了的时代中的唐璜。我写了一个我认为好笑的故事。就是这样。所有这些关于"终极悖论"等等的思考并没有先于我的小说，而是出自我的小说。是在写《不能承受的生命之轻》的时候，受到我那些一个个都以某种方式从世界中脱离出来的人物的启发，我才想到笛卡儿那句著名论断（"人是大自然的主人和所有者"）的命运。在科学与技术领域实现了许多奇迹之后，这个"主人和所有者"突然意识到他并不拥有任何东西，既非大自然的主人（大自然渐渐撤离地球），也非历史的主人（他把握不了历史），也非他自己的主人（他被灵魂中那些非理性力量引导着）。可是，既然上帝走了，既然人也不再是主人，那么谁是主人？地球在没有任何主人的情况下在虚空中前进。这就是不能承受的生命之轻。

萨：可是，认为当今时代是一个特殊的时代，是所有时代中最重要的，也是最后的时代，是不是一种以自我为中心的幻想？欧洲已多少次以为自己到了终结的时候，到了末日！

昆：在所有的"终极悖论"中，还可以加上"终结"本身这一悖论。当一个现象遥遥地宣告它即将消失的时候，我们会有许多人知道这一点，而且还可能对此感到惋惜、痛心。但当垂死阶段终结，我们的眼光已经在看着别处了。死亡是看不到的。在人的脑子里，河流、夜莺和穿过草地的小径已经消失有些时候了。没有人需要它们了。当明天大自然从地球上消失时，又有谁会觉察到？奥克塔维奥·帕斯[1]、勒内·夏尔[2]的追随者在哪里？伟大的诗人在哪里？是他们消失了呢，还是他们的声音再也无法听到？不管怎样，这是我们欧洲的一大变化。在此以前，一个没有诗人的欧洲是不可想象的。可既然人失去了对诗的需要，他还能觉察到诗的消失吗？终结并非一个世界末日式的爆炸。也许再没有比终结更平和的了。

---

[1] Octavio Paz（1914—1998），墨西哥诗人。
[2] René Char（1907—1988），法国诗人。

萨：就算是这样吧，可既然有些东西正在终结，我们可以猜想有些别的东西正在开始。

昆：肯定。

萨：那什么正在开始呢？这在您的小说中看不到。所以就有这样一个疑问：您是否只看到了我们历史处境的一半？

昆：有可能，但没有那么严重。实际上，必须理解什么是小说。一个历史学家向您讲述已经发生的事件。相反，拉斯科尔尼科夫的罪行从来就没有发生过。小说审视的不是现实，而是存在。而存在并非已经发生的，存在属于人类可能性的领域，所有人类可能成为的，所有人类做得出来的。小说家画出存在地图，从而发现这样或那样一种人类可能性。但还是要强调一遍：存在，意味着："世界中的存在"。所以必须把人物与他所处的世界都看作是可能性。在卡夫卡那里，这一切都很清楚：卡夫卡的世界跟任何一个已知的现实都不相似，它是人类世界一种极限的、未实现的可能性。当然，这一可能性在我们的真实世界之后半隐半现，好像预示着我们的未来。所以有人说卡夫卡有预言家的一面。但即使他的小说没有任何预言性质，也不会失去价值，因为它们抓住了一种存在的可能性（人以及他的世界的可能性），从而让我们看到我们是什么，我们可能做出什么来。

萨：可您的小说都是处于一个完全真实的世界内的！

昆：我们来看看布洛赫的《梦游者》这部涵盖了三十年的欧洲历史的三部曲。对布洛赫来说，这一历史很清楚地被定义为一种持续的价值贬值进程。人物被关闭在这一进程中，正如被关闭在一个笼子里，必须找到跟这一共同价值的逐渐消失相适应的行为。当然，布洛赫对他的历史判断的正确性坚信不疑，也就是说，他对他所描绘的世界的可能性是一种实现了的可能性坚信不疑。但试想他错了，试想在这一价值贬值的进程同时，有另外一种进程，一种布洛赫无法看到的正面的发展。这难道会使《梦游者》一书的价值有所改变？不会，因为价值贬值的进程是人类世界一种不容置疑的可能性。去理解被投进这一进程的旋涡中的人，理解他的一举一动，理解他的态度，只有这才是重要的。布洛赫发现了存在的一个未知领域。存在的领域意味着：存在的可能性。

至于这一可能性是否转化成现实，是次要的。

萨：您的小说所处的终极悖论时期因此不能被视为一种现实，而是一种可能性？

昆：是欧洲的一种可能性。是对欧洲的一种可能的看法，是人类的一种可能的境遇。

萨：可既然您试图抓住一种可能性而非一种现实，那又为什么要如此重视您所表现的形象，比如布拉格，以及在那里发生的事件？

昆：假如一个作者认为某种历史处境是人类世界中闻所未闻、见所未见、具有启发性的可能性，他就会照原样去描绘。总之，对史实的忠实相对于小说的价值而言是次要的。小说家既非历史学家，又非预言家：他是存在的探究者。

第三部分

受《梦游者》
启发而作的札记

结　　构

　　由三部小说组成的三部曲:《帕斯诺夫或浪漫主义》;《埃施或无政府主义》;《胡格瑙或现实主义》。每部小说的故事都是在前一部小说的故事之后十五年发生的：一八八八年；一九〇三年；一九一八年。三部小说之间没有任何因果联系：每部小说都有自身的人物圈，而且以自身的方式构成，跟其他两部都不同。

　　诚然，帕斯诺夫（第一部小说的主人公）和埃施（第二部小说的主人公）在第三部小说的场景中再次出现，而且贝尔特朗（第一部小说中的人物）在第二部小说中也扮演了一个角色。然而，贝尔特朗在第一部小说中（跟帕斯诺夫、鲁泽纳、伊丽莎白一道）经历的故事在第二部小说中根本没有出现，而且第三部小说中的帕斯诺夫心中已没有一丝关于他青年时期的回忆（第一部小说中讲到了他的青年时期）。

所以在《梦游者》与二十世纪其他的小说巨作（普鲁斯特、穆齐尔、托马斯·曼等人的作品）之间有着截然的区别：在布洛赫那里，构成整体一致性的，既非情节的延续性，又非生平的延续性（人物、家族的生平）。是另一种东西，没有那么明显，没有那么容易把握，它是隐秘的：是同一主题的延续性（即一个人如何面对价值贬值进程这一主题）。

可能性

在一个已经成为陷阱的世界中，究竟一个人的可能性有哪些？

想要回答，就必须先对什么是世界有个概念。必须先有一个本体论上的假设。

卡夫卡眼中的世界：一个官僚主义化的世界。官僚并非众多社会现象中的一个，而是世界的本质。

正是在这一点上，在难以解读的卡夫卡与深受大众喜爱的哈谢克之间有着相似性（奇怪的、令人意想不到的相似性）。哈谢克在《好兵帅克》中并不将军队（以一个现实主义者的手法，以一个社会批评家的手法）描绘成奥匈社会中的一个阶层，而是视之为世界的现代模式。跟卡夫卡笔下的法庭一样，哈谢克笔下的军队只是一个庞大的官僚机构，一个军队兼行政机构，在这里，古代军队里的品德（勇气、计谋、矫健）都已没有什么用处。

哈谢克笔下军队里的官僚主义者都很愚蠢；卡夫卡笔下那些官僚主义者既学究又荒诞的逻辑也毫无智慧可言。在卡夫卡那里，愚蠢蒙上了神秘的大衣，装得像是形而上的寓言。这一表面上的形而上寓言令人生畏。约瑟夫·K透过它的种种勾当以及无法听懂的话，不惜任何代价地试图辨出一种意义。因为假如说被判处死刑是可怕的，那么没有任何来由就被判处死刑更是无法忍受的，就像是一个无意义的牺牲品。K于是承认自己有罪，千方百计地想他错在哪里。在最后一章，他挡住了市里警察的视线（他们本来可以救他一命的），不让他们看到两个刽子手，而且在他死前的几秒钟，他还在埋怨自己没有足够的力量掐死自己，好免得他们脏了手。

帅克跟K正好相反。他总是模仿他周围的世界（愚蠢的世界），模仿得那么像，以至于没有人可以知道他是否真傻。他之所以如此轻而易举（而且带着那么大的快乐！）就跟统治秩序合拍，不是因为他在它身上看到了什么意义，而是因为他从中看不到任何意义。他自娱自乐，也让别人乐，并通过愈演愈烈的亦步亦趋，将世界转化成了一个唯一的、巨大的玩笑。

（我们曾见过现代世界极权的、共产主义的模式，我们都知道以上这两种态度，表面上好像不自然，是文学化的、夸张的，其实是再真实不过的；我们的生活空间一方面受到了K的可能性的限制，另一方面则受到了帅克的可能性的限制，也就是说：我们生活空间的一极是跟权力的同化，甚至受害者跟自己的刽子手产生默契，另一极则是对权力的拒不接受，其方式就是不把任何事当回事；也就是说：我们曾经生活在绝对严肃——K——与绝对不严肃——帅克——之间的空间。）

那么布洛赫呢?他的本体论假设是什么?

世界是价值(源于中世纪的价值)贬值的进程,这一进程绵延现代的四个世纪,是现代的本质。

面对这样一种进程,人的可能性有哪些?

布洛赫发现有三种:帕斯诺夫的可能性,埃施的可能性,胡格瑙的可能性。

帕斯诺夫的可能性

约阿钦·帕斯诺夫的兄弟死于一次决斗。父亲说:"他为荣誉而倒下了。"这些词永远地嵌入了约阿钦的记忆。

可他的朋友,贝尔特朗,感到惊讶:怎么可能在一个火车与工厂的时代,两个男人还可以僵直地站立着,面对面,抬起手臂,各自手中拿着一把手枪?

对此,约阿钦暗自说:贝尔特朗没有任何荣誉感。

而贝尔特朗接着想：感情是可以抵制时代变迁的。感情形成一片坚不可摧的保守的基质，成为一种代代相传的残留物。

是的，对继承下来的价值的情感依赖，依赖代代相传的残留物，这就是约阿钦·帕斯诺夫的态度。

帕斯诺夫是通过制服这一题材而被引入小说的。叙述者解释说，以前，教会跟最高审判官上帝一样，统治着人。神袍就是上天权力的符号，而军官的制服、法官的长袍则代表了世俗权力。随着教会魔法般影响的消逝，制服就取代了神袍而上升到绝对权力的高度。

制服是我们无法选择的东西，是我们被勒令接受的东西；它代表了普遍的确定性，与个体的不确定性相对。一旦以前如此确定的价值被质疑，而且灰溜溜地遁去，那么一个不知如何可以没有这些价值而生活的人（没有了忠诚，没有了家庭，没有了祖国，没有了准则，没有了爱情）就只能紧紧束在自己制服的普遍性里，将制服的最后一颗扣子也系上，仿佛这件制服是上帝超验性的最终残留物，还可以保护他不至于坠入冰冷的未来，因为在这未来中不再有任何东西值得尊重。

帕斯诺夫的故事在他的新婚之夜达到了高潮。他的妻子，伊丽莎白，不爱他。他看不见面前有任何东西，除了一个没有爱情的未来。他衣服也不脱地躺到了她的身旁。这么一躺，"稍稍弄乱了他的制服，掉落的衣边露出了黑色的长裤，但约阿钦一察觉到，马上整理了一下，把露出的长裤又盖上。他两腿弯曲。为了使他擦了油的皮鞋不碰到床单，他小心翼翼地费了好大劲，一直将双脚搁在床边的椅子上"。

埃施的可能性

从教会完全统治人的时代遗留下来的价值早已被摧毁，但对帕斯诺夫来说，这些价值的内容还是非常清楚的。他不怀疑他的祖国，他知道应当为谁效忠，知道谁是他的上帝。

在埃施面前，价值已经蒙上了面纱。秩序、忠诚、牺牲，这些词都是他喜爱的，可它们实际上代表了什么呢？为什么东西作出牺牲？要求什么样的秩序？他对此一无所知。

当一种价值已失去它具体的内容，那还能剩下什么？除了一个空洞的形式，一个没有回应的命令，却带着更大的疯狂，要求人们听到它，服从它。埃施越不知道他想要什么，就越是拼命要。

埃施：失去了上帝的时代的一种狂热。既然所有的价值都蒙上了面纱，那么一切都可以被看作是价值。正义、秩序：埃施或者在工会斗争中寻找它们，或者到宗教中去寻找，今天在警察权力中寻找，明天在他梦想移民的美国的虚幻美境中寻找。他可以是一个恐怖主义者，但也可以是个悔过了的恐怖主义者，去告发他的同志；可以是一个政党的积极分子，一个教派的成员，但也可以是一个随时准备牺牲生命的神风队员。所有在我们这个世纪血淋淋的历史中肆虐的激情都在他那不起眼的冒险经历中被揭示出来，诊断出来，并被可怕地展示得一清二楚。

他在办公室里不高兴，与人吵架，被开除了。他的故事就是这样开始的。使他生气发怒的整个混乱的根源在他看来是个叫南特维希的会计。天晓得为什么就是他。反正埃施决定去警察局告他的密。难道这不是他的职责吗？难道这不是所有像他那样渴望正义与秩序的人应尽的义务吗？

可是有一天，在一家小酒馆，毫不知情的南特维希友好地邀请他与自己同桌而坐，还请他喝一杯。埃施一时手足无措，努力回想南特维希到底有什么错，可是他的错"现在突然变得那么不可捕捉、那么模糊，让埃施马上觉得他想做的事是那么荒谬，于是笨拙地，而且带着一丝羞耻，他抓住了酒杯"。

世界在埃施面前分为善的世界和恶的世界，但可惜的是，善与恶一样是难以确认的（一遇上南特维希，埃施就不知道谁是好人，谁是坏人了）。在世界这一巨大的假面狂欢节上，只有贝尔特朗一个人直到最后脸上还带着恶的烙印，因为他犯的过错是无须置疑的：他是个同性恋，他扰乱了神圣的秩序。在布洛赫的小说开头，埃施准备去告发南特维希，而到最后，他在信箱内放了一封告发贝尔特朗的信。

67

胡格瑙的可能性

埃施检举了贝尔特朗。胡格瑙检举了埃施。埃施那样做是为了拯救世界。胡格瑙那样做是为了保住他的饭碗与前程。

在一个没有共同价值的世界里,胡格瑙这个天真的、一心向上爬的人,觉得非常自在。没有来自道德的命令,这就是他的自由,他的解脱。

是他毫无负罪感地杀了埃施,这一事实具有深刻的意义。因为"属于较小价值联盟的人消灭了属于正在解体的较大价值联盟的人,最悲惨的人在价值贬值的进程中总是扮演刽子手的角色,而到了最后审判的号角吹响之日,一个没有了任何价值观的人就会成为自取灭亡的世界的刽子手"。

在布洛赫的想法中,现代是一座桥梁,它从非理性的信仰占统治地位的时代引向非理性在一个无信仰的世界中占统治地位的时代。在这座桥梁的尽头出现的人影,就是胡格瑙。一个幸福的、没有任何负罪感的凶手。这是关于现代终结的一个愉快的版本。

K，帅克，帕斯诺夫，埃施，胡格瑙：五种根本的可能性，五个方向标。我认为，没有这五个方向标就无法画出我们这个时代的存在地图。

在数个世纪的天穹下

在现代的天空中运转的星辰在个体的灵魂中总会有所反映，总是以特殊的星辰图的形式出现；一个人物的处境、他的存在意义，都依据这一星辰图而得到定义。

布洛赫正讲着埃施的故事，突然将他比作了路德。这两个人都属于反叛者之列（对此布洛赫进行了长长的分析）。"埃施是个反叛者，正如路德曾经也是。"人们习惯于到一个人物的童年那里去找他的根源。埃施的根源（他的童年并不为我们所知）处于另一个世纪。埃施的过去是路德。

为了能够把握帕斯诺夫这个穿制服的人，布洛赫必须将他放到漫长的历史进程中去。在这一进程中，世俗的制服渐渐取代了教士的神袍；于是，在这个可怜的军官的上空，整个现代的天穹一下子全部照亮了。

在布洛赫那里，人物并非作为一个不可模仿的、短暂的独一性而出现，作为一个注定要消失的奇迹般的瞬间而出现，而是作为一道跨越于时间之上的牢固的桥梁。路德和埃施，过去与现在，在桥梁上相遇。

在我看来，布洛赫并非通过他的历史哲学，而是通过这一崭新的看待人的方法（将人物放到数个世纪的天穹之下）在《梦游者》中预示了小说的未来可能性。

带着布洛赫的这一教益，我读了托马斯·曼的《浮士德博士》，这部小说关注的不光是一个名叫阿德里安·莱弗金的作曲家的一生，而且还有好几个世纪的德国音乐。阿德里安不光是个作曲家，而且还是一个终结了音乐史的作曲家（他最伟大的音乐作品名字就叫《世界末日》）。而且他不光是最后一位作曲家，他还是浮士德。托马斯·曼眼见着他的国家一天天成为恶魔（他的这部小说写于第二次世界大战末期），就想到了这位代表着德国精神的神秘人物跟魔鬼签下的约。于是，他的国家的整部历史突然冒了出来，就像是一个人物——一个浮士德——的个人冒险经历。

同样，在布洛赫的教益下，我读了卡洛斯·富恩特斯写的《我们的土地》。整个伟大的西班牙历程（欧洲的与美洲的）陷入了一种难以置信的冲撞，一种难以置信的梦幻般的变形。布洛赫的原则，即埃施好比路德，在富恩特斯那儿转化成了一个更彻底的原则：埃施就是路德。富恩特斯为我们提供了他方法的钥匙："需要许多人的生活来构成一个人物。"转世再生的古老神话转化为一种小说技巧，使得《我们的土地》成为一个巨大而奇妙的梦，在梦中，历史总是由一些不断转世再生的人物组成、创造。同一个路德维克在墨西哥发现了一个新大陆，在几个世纪之后的巴黎跟同一个塞莱斯汀相遇，而塞莱斯汀在两个世纪之前曾是腓力二世的情妇，等等，等等。

只有到了终结的时候（一场爱情的终结，一个生命的终结，一个时代的终结），过去的时间才突然以一个整体的面目出现，而且形状清晰而完整。对布洛赫来说，终结的时刻是胡格瑙，对托马斯·曼来说，是希特勒。对富恩特斯来说，是两个千年之间神秘的边界；从这一想象的观察站看去，历史，这一欧洲的异常状态，这一在时间的纯粹性上出现的污点，好像已经终结、被遗弃、孑然而立，突然显得跟一个转天就会被遗忘的个人小故事一样平常，一样令人感动。

事实上，假如说路德是埃施，那么从路德到埃施的这段历史就仅仅是一个人物的生平：马丁·路德埃施。而整部历史就只是几个人物的历史（一个浮士德，一个唐璜，一个堂吉诃德，一个埃施），他们共同穿越了欧洲的数个世纪。

超越于因果关系之上

在列文的庄园，一男一女相遇了，两个孤独、忧郁的人。他们相互间有好感，暗中希望能将两人的生活结合到一起。他们只等着能单独待在一起的机会，以相互表白。有一天他们终于在没有第三者的情况下同处一个小树林。他们在那里采蘑菇。两人内心都很激动，一言不发，知道时机来了，不要让它溜走。当时他们已经静默了很久，女人突然开始说起蘑菇来了。这完全是"违背她意愿的，意想不到的"。随后，又是一阵静默，男人掂量着字眼想表白，可是他没有谈爱情，"出于一种意想不到的冲动……"，他也跟她谈起蘑菇来。在回家的路上，他们还在谈着蘑菇，一点办法也没有，心中充满了绝望，因为他们知道，他们永远都不会谈到爱情了。

回去之后，男人对自己说，他之所以没有谈爱情是因为他死去的情妇，他无法背叛对她的追忆。但我们清楚知道：这并非真正的理由，他找它出来只是为了安慰自己。安慰自己？是的。因为失去爱情总得有个理由。如果毫无理由地失去，那是无法原谅自己的。

这段非常美的小片断仿佛是《安娜·卡列宁娜》最伟大的成

就的一个缩影，即表现人类行动无因果关系的、不可预知的，甚至神秘的一面。

什么是行动：这是小说永恒的问题，可以说是它的构成性问题。一个决定是如何产生的？一个决定如何转换成行动，一系列的行动又如何联在一起，成为一种经历？

以往的小说家试着从生活陌生、混乱的材料中抽出一根清晰、理性的线来；从他们的视野来看，理性上可以把握的动机产生行动，这一行动又引出另一行动。所谓经历就是一系列行动因果关系明晰的链接。

维特爱上了他朋友的妻子。他不能背叛朋友，他又不能放弃他的爱，所以他自杀。这自杀就像一道数学方程式一样明晰。

但安娜·卡列宁娜为什么自杀呢？

不谈情说爱而大谈蘑菇的男人试图相信那是因为他对已经去世的情人的依恋。我们如果为安娜的行动找出些理由来，也会跟那个理由一样没有价值。确实，人们蔑视她，可她难道不可以反过来蔑视他们？不让她去看她的儿子，可这难道是一个无法挽救、没有出路的处境？沃伦斯基确实已经有些失落，可说到底，他不还是爱着她的？

而且，安娜到火车站不是为了自杀。她是来找沃伦斯基的。她没有作出决定就卧轨自尽了。应当说是决定抓住了安娜。决定突如其来地抓住了安娜。跟那位想谈爱情却谈起了蘑菇的男人一样，安娜是"出于一种意想不到的冲动"才这么做的。这并不意味着她这么做没有意义。只是这一意义处于从理性上可以把握的因果关系之外。托尔斯泰不得不用乔伊斯式的内心独白（这在小说史上是第一次）来重建由不可捉摸的冲动、转瞬即逝的感觉、零零碎碎的思考组成的微妙整体，以便让我们看到安娜的灵魂所走的自杀之路。

到了安娜这里，我们已远离维特，也远离了陀思妥耶夫斯基笔下的基里洛夫。基里洛夫自杀是因为一些非常明确的利益，是一些描写得非常清楚的情节让他这样做的。他的行动，虽然是疯狂的，却是有理性、有意识的，是有预谋、思考过的。基里洛夫的性格完全建立在他奇特的自杀哲学上，而他的行动只是他想法的完全符合逻辑的延伸。

陀思妥耶夫斯基抓住了理性的疯狂，这一理性顽固地要按自己的逻辑走到底。托尔斯泰探究的领域正好相反：他揭示非逻辑、非理性的介入。这就是为什么我要说他。对托尔斯泰的参照将布洛赫放置到了欧洲小说一个伟大的探索背景之中：探索非理性在我们的决定中、在我们的生活中所扮演的角色。

混　淆

帕斯诺夫常去会一个捷克妓女，名字叫茹兹娜，而他的父母准备让他跟一个与他们门当户对的女孩伊丽莎白结婚。帕斯诺夫根本不爱她，然而她吸引他。确切地说，吸引他的不是伊丽莎白，而是对他来说伊丽莎白代表的所有东西。

当他第一次去见她的时候，她住的那个街区的街道、花园与房子都闪烁着"一种置身岛内的巨大的安全感"；伊丽莎白一家在极好的气氛中接待了他,"充满了安全感与温柔,自始至终带着友谊",这种友谊有一天,"会变成爱情",然后"爱情有一天又会熄灭为友谊"。帕斯诺夫所渴望的价值(来自一个家庭的友好的安全感)呈现在他眼前,而此时,将要代表这一价值的那个女人(对此他尚不知情,而且这是违背他本性的)还没有出现。

他坐在家乡村庄的教堂里,闭着眼睛,想象着神圣家庭出现在银白色的云彩上,正中间是美得无法以语言形容的圣母马利亚。小时候,他就在同一座教堂内为同一种意象而激动。他当时恋着父亲农场中的一名波兰女佣,在他的梦幻中,他将她跟圣母混淆成同一人,想象着自己坐到美丽的女佣兼圣母的双膝上。这一日,闭着眼睛,他又看到了圣母,突然,他发现圣母的头发是金黄色的!对,马利亚的头发就是伊丽莎白的头发!他感到震惊,他感到意外!他感到,通过这一梦幻,上帝本人让他知道了他不爱的伊丽莎白其实是他真正的、唯一的爱。

非理性的逻辑是建立在混淆机制上的:帕斯诺夫的现实感很差;他对事件的因果关系一窍不通;他永远无法知道别人的目光后

面隐藏着什么；然而，尽管外部世界已经变形，变得无法认出，没有了因果关系，但它不是哑巴：外部世界在跟帕斯诺夫说话。就像在波德莱尔那首著名的诗中，"悠长的回声混合在一起"，"香味、色彩和声响在互相应和"：一个事物靠近另一个事物，与之混淆在一起（伊丽莎白与圣母混淆在一起），并通过这一靠近，得到解释。

埃施是个寻找绝对的爱的人。"人只能爱一次"是他的信条。因此，既然亨特杰恩夫人爱他，她肯定没有爱过（根据埃施的逻辑）她死去的前夫。所以她前夫一定是糟蹋了她，所以她前夫肯定是个坏人。跟贝尔特朗一样的坏人。因为恶的代表都是可以互换的。他们混淆在一起。他们只是同种实质的不同表现。当埃施的目光掠过挂在墙上的亨特杰恩先生的肖像时，他脑海里有了个想法：马上到警察局去检举揭发贝尔特朗。因为假如埃施打击贝尔特朗，那就好像是打在了亨特杰恩夫人的前夫身上，就好像是他为我们，为我们所有人，扫除了一小部分公共的恶。

象征的森林

必须认认真真地、慢慢地读《梦游者》，在那些虽不合逻辑却可以理解的情节上玩味良久，去看出一种暗藏的、隐蔽的秩序，帕斯诺夫、茹兹娜、埃施等人的决定就建立在这一秩序上。这些人物无法把现实作为一个具体的事物来面对。在他们眼前，一切都变成了象征（伊丽莎白变成了家庭安宁的象征，贝尔特朗变成了地狱的象征），当他们认为是在针对现实而行动时，其实是在针对象征而行动。

布洛赫让我们明白了，任何行动，不管是个体的还是集体的，它的基础都是一个混淆的体系，一个象征思维的体系。只要审视一下我们自己的生活就可以知道这一非理性的体系在很大程度上要比一种理性思考更能影响我们的态度：一个特别喜爱玻璃缸中鱼的人让我想起一个以前曾给我造成可怕的不幸的人，那他总会让我有一种无法遏制的提防心理……

非理性体系同样统治着政治生活。随着第二次世界大战，共产主义的俄国同时打赢了象征之战：至少在半个世纪内，它向一大批渴望价值又无法区分价值的埃施之流，成功地灌输了善与恶的象征。这就是为什么在欧洲的意识中，古拉格永远无法取代纳粹而成为绝对的恶的象征。这也是为什么大众自发地抗议越南战争，而不反对阿富汗战争。越南、殖民主义、种族主义、帝国主义、法西斯主义、纳粹，所有这些词就像波德莱尔诗歌中的色彩与声响一样相互应和着，而阿富汗战争可以说从象征上来讲是个哑巴，至少处于绝对的恶，处于象征之泉的魔圈之外。

我也想到每天在公路上发生的大量的死亡现象，那是一种既可怕又平凡的死亡。既不像癌症，也不像艾滋病，不是大自然造成的，而是人为造成的，那是一种几乎自愿的死亡。为什么这种死亡不让我们触目惊心，不搅乱我们的生活，不驱使我们去进行重大的改革？不，它不让我们触目惊心，因为跟帕斯诺夫一样，我们都极少有现实感，这躲在一辆漂亮汽车的面具之后的死亡在超现实的象征之屋内代表的，其实是生活。这一死亡是带着微笑的，它跟现代性、自由、冒险混淆在一起，就像伊丽莎白跟圣母混淆在一起。那些被处以极刑的人的死亡尽管在数量上要少得多，却更多地引起我们的注意，唤醒我们身上的激情：这类死亡是跟刽子手的形象混淆在一起的，它的象征强度要大得多，阴暗得多，更能激发人的反抗。等等，等等，不一而足。

人是迷失在"象征的森林"中——再引用一次波德莱尔的诗——的孩子。

（成熟的标准：抵制象征的能力。然而人类变得越来越小儿科了。）

多元历史主义

布洛赫在说到自己的小说时拒绝"心理"小说的美学，而提出他称为"认识论"或者"多元历史主义"的小说与之对抗。我认为主要是第二种叫法没有选好，让我们迷失了方向。布洛赫的同胞阿达尔贝特·施蒂弗特，奥地利散文的奠基者，以他的小说

《晚来的夏日》（一八五七年，也就是出版《包法利夫人》那伟大的一年）写下了一部真正意义上的"多元历史主义"小说。这部小说其实是很有名的，尼采还把它列为四部最伟大的德语散文著作之一。对我来说，这部小说几乎不忍卒读：我们在里面学到许多关于地质学、植物学、动物学，关于所有的手工艺，关于绘画以及关于建筑的东西，但人以及人类的处境则完全处于这部庞大、渊博的百科全书的边缘。正因为它的"多元历史主义"，这部小说完全缺乏小说的特性。

而布洛赫的情况就不同了。他一直在追寻"唯有小说才能发现的东西"。但他知道约定俗成的形式（只建立在一个人物的经历上，仅仅满足于对这一经历的简单叙述）局限了小说，弱化了它的认知能力。他也知道小说有一种非凡的融合能力：诗歌与哲学都无法融合小说，小说则既能融合诗歌，又能融合哲学，而且毫不丧失它特有的本性（只要想想拉伯雷和塞万提斯就可以了），这正是因为小说有包容其他种类、吸收哲学与科学知识的倾向。所以，从布洛赫的角度来看，"多元历史主义"这个词的意思就是：

运用所有智力手段和所有诗性形式去照亮"唯有小说才能发现的东西":人的存在。

这一点,当然意味着要对小说的形式进行深刻的变革。

未完成

在此我打算谈谈非常个人的看法:《梦游者》最后一部小说(《胡格瑙或现实主义》)的综合倾向以及形式变革都被推到了极致,它一方面让我欣赏,让我感到有趣,另一方面也让我有些不满意:

——"多元历史主义"意图需要一种省略的技巧,而这种技巧布洛赫没有找到;整个结构的清晰性因之受到影响;

——不同的元素(诗句,叙述,格言,报道,随笔)还只是罗列在一起,而非真正地衔接成一个"复调的"整体;

——关于价值贬值的那篇精彩随笔虽然是以一个人物所写的文字出现的,但还很容易被看作是作者的想法,从而被视为是小说的真理所在，是对小说的总结，代表了小说的观点，因此，有损于小说空间不可或缺的相对性。

所有伟大的作品（而且正因其伟大）都有未完成的一面。布洛赫启发我们的，不光是他所完善了的，还有他力求达到而未能达到的。他作品未完成的一面可以让我们理解种种必要性：一、一种彻底的简洁的新艺术（可以包容现代世界中存在的复杂性，而不失去结构上的清晰性）；二、一种小说对位法的新艺术（可以将哲学、叙述和梦幻联成同一种音乐）；三、一种小说特有的随笔艺术（也就是说并不企图带来一种必然的天条，而仍然是假设性的、游戏式的，或者是讽刺式的）。

现代主义

在我们这个世纪所有伟大的小说家中，布洛赫可能是最不知名的一位，这一点并不难理解。他刚刚写完《梦游者》，希特勒就上台了，德国的文化生活被摧毁；五年之后，他离开奥地利去了美国，一直在那里待到去世。在这种情况下，他的作品失去了它自然的读者，失去了跟一种正常文学生活的接触，不可能再在它的那个时代起作用：不可能在作品周围聚集起一群读者、同道和知音，创立起一个流派，影响到别的作家。跟穆齐尔与贡布罗维奇的作品一样，他的作品也是很晚（在他去世之后）才被发现（重新发现）的，而且是被那些跟他一样为寻找新形式而着魔的人，也就是那些具有现代主义倾向的人发现的。但他们的现代主义跟布洛赫的不一样，并非他们的来得更晚，更先进；而是因其根源而不同，因其对待现代世界的态度而不同，因其美学而不同。这种不同引出了一定的难堪：布洛赫（穆齐尔也一样，贡布罗维奇也一样）是作为一个伟大的革新者出现的，但他并不符合一般的、约定俗成的现代主义的形象（因为，到了这个世纪的下半叶，现代主义也有了统一规范，即大学里的现代主义，也就是说正规的现代主义）。

比如，这一正规的现代主义要求摧毁小说的形式。而从布洛赫的角度来看，小说形式的可能性还远远没有被穷尽。

正规的现代主义希望小说摆脱人物的幌子，因为它认为，说到底，人物只不过是一张无谓地挡住了作者脸孔的面具。而在布洛赫的人物那里，是无法找到作者的自我的。

正规的现代主义排除了"整体"的概念，布洛赫则非常愿意使用这个词。他用这个词的含义是：在社会分工极其精细的时代，在疯狂的专业化时代，小说成了最后的岗位之一，在这个岗位上人们还可以保持跟生活整体的关系。

根据正规的现代主义，"现代"小说是通过一道不可逾越的分界线而跟"传统"小说分开的（这"传统小说"是一个箩筐，人们往里面杂七杂八地堆积了四个世纪以来小说的所有时期）。从布洛赫的角度来看，现代小说继续着自塞万提斯以来所有伟大的小说家都参与的同样的探询。

在正规的现代主义后面，有一种对来世信仰的天真的残留物：一个历史终结了，另一个历史（更好的历史），建立在一个全新基础之上，又开始了。在布洛赫那里，则有着一种忧郁的意识，认为历史在一些大大不利于艺术，尤其是小说演变的情况下终结了。

第四部分

关于小说结构艺术的谈话

克里斯蒂安·萨尔蒙：我要引用您关于赫尔曼·布洛赫文章中的一段话来开始这次谈话。您说："所有伟大的作品（而且正因其伟大）都有未完成的一面。布洛赫启发我们的，不光是他所完善了的，还有他力求达到而未能达到的。他作品未完成的一面可以让我们理解种种必要性：一、一种彻底的简洁的新艺术（可以包容现代世界中存在的复杂性，而不失去结构上的清晰性）；二、一种小说对位法的新艺术（可以将哲学、叙述和梦幻联成同一种音乐）；三、一种小说特有的随笔艺术（也就是说并不企图带来一种必然的天条，而仍然是假设性的、游戏式的，或者是讽刺式的）。"从这三点中我看到了您的艺术蓝图。先从第一点开始。彻底的简洁。

米兰·昆德拉：把握现代世界中存在的复杂性对我来说意味着一种简约、浓缩的技巧。否则的话，您就会坠入无尽的陷阱。

《没有个性的人》是我最喜爱的两三部小说之一。但我并不欣赏它那永无结局的宏大篇幅。想一想，一座巨大的城堡，巨大到人的目光无法一下子把握它的程度。想一想，一部需要演奏九个小时的四重奏。人类有一些极限是不能超越的，比如记忆力的极限。读完书之后，您应该还能够想起开头。否则的话，小说就变得漫无形状，其"结构上的清晰性"就蒙上了一层雾。

萨：《笑忘录》由七个部分组成。如果您不是那样简约地去写，您可以写出七部不同的长篇小说。

昆：可假如我写出七部独立的小说，我就无法奢望通过一本书来把握"现代世界中存在的复杂性"。简约的艺术在我眼中就成了一种必需。它要求：始终直入事物的心脏。从这个意义上来讲，我想到我从童年时代起就崇拜的作曲家：雅纳切克。他是现代音乐最伟大的人物之一。在勋伯格或者斯特拉文斯基还在为大型管弦乐团作曲的时候，他就已经意识到一部为管弦乐团作的曲子总是受到无用音符的重压。他出于这种简约的意志开始反叛。您知道，在每个音乐作曲中，有许多技巧：主题的呈示、展现、变奏、往往具有很大自主性的复调结构、配器的填合、过渡，等等。今天人们可以用电脑来作曲，但在作曲家的脑海中一直都存在着一台电脑：他们甚至可以不带任何独创的想法而创作出一首奏鸣曲来，只需要"以控制论的方式"遵循作曲的规则。雅纳切克的命令就是：摧毁"电脑"！不要过渡，而要突兀的并置，不要变奏，而要重复，而且始终直入事物的心脏：只有道出实质性内容的音符才有权利存在。小说中也差不多：小说也是充斥了"技巧"，有一大套的成规取代了作者在那里起作用：展现一个人物，描写一个领域，在一个历史环境中引入情节，用一些毫无意义的片断去填补人物生活中的时间；而每一个布景的转换都必须有新的展示、描绘、解释。我的命令也是"雅纳切克式"的：使小说摆脱小说技巧带来的机械性的一面，摆脱小说的长篇废话，让它更浓缩。

萨：您第二点讲到了"小说对位法的新艺术"。布洛赫那里，并不让您完全满意。

昆：以《梦游者》中的第三部小说为例。它由五个元素，由五条故意不同质的"线"构成：一、建立在三部曲三个主要人物

（帕斯诺夫、埃施、胡格瑙）之上的小说叙述；二、关于汉娜·温德林的隐私式短篇小说；三、关于一家战地医院的报道；四、关于救世军中一个女孩的诗性叙述（部分以诗句形式出现）；五、探讨价值贬值问题的哲学随笔（以科学性的语言写出）。每一条线本身都非常精彩。然而，这些线虽然是同时处理的，虽然在不断地交替出现（也就是说具有一种明显的"复调"意图），但并不真正联接在一起，并没有形成一个不可分的整体；也就是说，从艺术角度来看，复调意图并没有得到实现。

萨：将"复调"这个词以隐喻的方式用于文学，是否会导致一些小说无法实现的苛求？

昆：音乐复调，指的是两个或多个声部（旋律）同时展开，虽然完美地结合在一起，却仍保留各自的独立性。那么小说复调呢？先来说说它的反面吧：单线的结构。从小说历史的开端起，小说就试图避开单线性，在一个故事的持续叙述中打开缺口。塞万提斯讲的堂吉诃德的旅行完全是线性的。但在旅程中，堂吉诃德遇到别的人物，他们向他讲述自己的故事。在第一卷中就有四个故事,四个缺口,使人物可以从小说的线性结构中走出来。

萨:可这不是复调呀!

昆:因为这里没有共时性。借用一下什克洛夫斯基①的术语,这是一些"嵌套"在小说"套盒"之中的短篇小说。在十七世纪与十八世纪的许多小说家那里都可以找到这一"嵌套"的方式。十九世纪发明了另一种打破线性的方式,这一方式我们姑且可以称之为"复调"。《群魔》这部小说,如果您从纯粹技巧的角度去分析,可以看到它由三条同时发展的线组成,甚至可以形成三部独立的小说:一、关于年老的斯塔夫罗金娜和斯捷潘·韦尔霍文斯基之间爱情的讽刺小说;二、关于斯塔夫罗金跟他的那些恋人的浪漫小说;三、关于一群革命者的政治小说。由于所有的人物之间都相互认识,一种微妙的小说技巧很容易就能将这三条线联成一个不可分的整体。现在将布洛赫的复调跟陀思妥耶夫斯基的复调来比较一下。布洛赫的复调要走得更远。在《群魔》中,三

---

① Viktor Chklovski(1893—1984),俄国形式主义批评家。

条线虽然特点不同，却是属于同一种类（三个都是小说故事），在布洛赫那里，五条线的种类彻底不同：小说；短篇小说；报道；诗歌；随笔。这一在小说复调中引入非小说文学种类的做法是布洛赫革命性的创新。

萨：可照您看来，这五条线还衔接得不够好。事实上，汉娜·温德林不认识埃施，救世军中的姑娘根本不知道汉娜·温德林的存在。没有出现任何一种情节安排技巧将这五条不相遇、不相交的不同线融合为一个整体。

昆：它们只是由一个共同的主题联在一起。但这一主题上的统一，在我看来足够了。不统一的问题是在别处。我们重新阐述一下这个问题：在布洛赫那里，小说的五条线同时发展，互不相遇，通过一个或几个主题统一在一起。我借用了一个音乐学上的词来指这样一种结构：复调。您会看到将小说比作音乐并非毫无意义。实际上，伟大的复调音乐家的基本原则之一就是声部的平等：没有任何一个声部可以占主导地位，没有任何一个声部可以只起简单的陪衬作用。而《梦游者》第三部小说的缺陷正是五个

"声部"不平等。其中第一条线(关于埃施与胡格瑙的"小说"叙述)在量上占据的位置远远多于其他线,特别是它在质上也享有特权,因为通过埃施跟帕斯诺夫,它跟前两部小说联在一起。所以它吸引更多的关注,所以有将其他四条"线"的作用减缩为一种简单"陪衬"之嫌。第二点:假如说巴赫的一个赋格不能缺任何一个声部,相反,我们却可以把关于汉娜·温德林的短篇小说或者关于价值贬值的随笔都视为独立的文字,将它们拿掉,将无损于小说的意义或可理解性。而对我来说,小说对位法的必要条件是:一、各条"线"的平等性;二、整体的不可分性。我想起我写完《笑忘录》第三部分的那一天。那一部分的题目叫《天使们》。我承认我当时十分自豪,坚信自己发现了一种建构叙述的新方法。这一部分由以下元素构成:一、关于两名女大学生以及她们如何升上天的轶事;二、自传性叙述;三、关于一部女权主义著作的评论性随笔;四、关于天使与魔鬼的寓言;五、关于在布拉格上空飞翔的艾吕雅的叙述。这些元素缺一不可,相互阐明,相互解释,审视的是同一个主题,同一种探询:"天使是什么?"

只有这样一个探询将它们连在一起。第六部分也叫《天使们》，它由下列元素组成：一、关于塔米娜之死的梦幻式叙述；二、关于我父亲之死的自传性叙述；三、关于音乐的思考；四、关于腐蚀着布拉格的遗忘的思考。在我父亲与被孩子们折磨的塔米娜之间有什么联系？借用超现实主义者喜爱的一句话，这是在同一主题桌面上"一台缝纫机与一把雨伞的相遇"。小说的复调更多是诗性，而非技巧。

萨：在《不能承受的生命之轻》中，对位法要隐蔽得多。

昆：在第六部分，复调的一面是非常明显的：斯大林儿子的故事，一些神学思考，亚洲的一个政治事件，弗兰茨在曼谷遇难，托马斯在波希米亚入葬。这些内容由一个持续的探询联在了一起："什么是媚俗？"这一段复调的文字是整个结构的关键。整个结构平衡的秘诀就在此。

萨：什么秘诀？

昆：有两个秘诀。第一：这一部分不是建立在一个故事上，而是建立在一段随笔上（关于媚俗的随笔）。人物生活的片断是作为"例子",作为"需要分析的情况"而插入这一随笔的。就这样,"顺带地",大致地,人们获知了弗兰茨、萨比娜的生活结局,以及托马斯跟他儿子之间关系的结局。这样一省略,就大大减轻了结构。第二,时间上的换位:第六部分的事件发生于第七部分(最后一部)的事件之后。由于这一时间上的换位,最后一部分尽管是那么的具有田园牧歌色彩,却因我们已经知道了未来而沉浸到一种深深的忧伤之中。

萨:我回到您关于《梦游者》的札记。关于价值贬值的那篇随笔您发表了一些保留意见。由于它说教的口吻,它科学的语言,它在您看来可以作为小说的意识形态核心而出现,成为小说的"真理",从而使整个《梦游者》三部曲变成对一种伟大思考的小说化简单说明。所以您提出一种"小说特有的随笔艺术"的必要性。

昆:首先要看到明显的一点:思考一旦进入小说内部,就改变了本质。在小说之外,人处于确证的领域:所有人都对自己说的话确信无疑,不管是一个政治家,一个哲学家,还是一个看门人。在小说的领地，人并不确证：这是一个游戏与假设的领地。所以小说中的思考从本质上来看是探询性的、假设性的。

萨：但为什么一个小说家就应该放弃在小说中直接地、肯定地表达他的哲学的权利呢？

昆：在一个哲学家与一个小说家的思维方式之间有着一种本质的不同。人们经常谈到契诃夫的哲学、卡夫卡的哲学、穆齐尔的哲学，等等。但您试试去从他们的叙述中找出一种前后一贯的哲学看！即使当他们在手记中直接表达他们想法的时候，这些想法也只是一些思考练习，悖论游戏，即兴发挥，而非一种思想的确证。

萨：可陀思妥耶夫斯基在他的《作家日记》中是完全确证性的。

昆：但他思想的伟大之处并不在那里。他只有作为小说家才是伟大的思想家。这就意味着：他知道如何在他的人物中创造出特别丰富、闻所未闻、见所未见的智力世界。人们喜欢在他的人物中探寻他思想的投影。比如在沙托夫这个人物身上。但陀思妥耶夫斯基在这上面十分小心。沙托夫一出场,就被不无残酷地定义为:"这是俄国理想主义者之一,他们突然被某个博大的思想照亮,从而深深为之赞叹,而且常常是一辈子如此。他们永远也无法把握这个思想,他们狂热地相信它,从此之后他们的整个生命就好比是在将他们砸扁了一半的大石头下垂死挣扎。"所以,即使陀思妥耶夫斯基在沙托夫身上投射了他自己的想法,这些想法也马上就被相对化了。对于陀思妥耶夫斯基来说,规则还是存在的:思考一旦进入小说内部,就改变了本质:一种教条式的思想变得是假设性的了。哲学家试着写小说时都忘了这一点。只有一个例外:狄德罗。他那令人赞叹的《宿命论者雅克和他的主人》!这位严肃的百科全书作者一旦进入小说的领域,就变成了一个游戏的思想家:他小说中没有一句话是严肃的,一切都是游戏。这就是为什么这部小说在法国极不受重视。实际上,这本书蕴藏了所有法国已经失去又拒绝再找回的东西。今天人们喜欢思想甚于作品本身。《宿命论者雅克和他的主人》是无法翻译成思想语言的。

萨:在《玩笑》中,雅洛斯拉夫阐发了一种音乐理论。所以这一思考的假设性是明显的。但在您的小说中也有一些段落,是您在那里直接说话。

昆:即使是我本人在说话,我的思考也是跟一个人物联在一起的。我要思考他的态度,他看事物的方式,我处于他的位置去想,而且比他想得更深刻。《不能承受的生命之轻》中的第二部分是以一段长长的关于身体和灵魂关系的思考开头的。确实是作者本人在说话,然而作者所说的只有在一个人物(特蕾莎)的磁场中才有价值。这是特蕾莎看事物的方式(虽然不是她直接说出来的)。

萨:可经常您的思考是不跟任何人物联在一起的:在《笑忘录》中关于音乐的思考,或者在《不能承受的生命之轻》中您关于斯大林儿子死亡的看法……

昆:确实。我喜欢时不时地直接介入,作为作者,作为我自己。在这种情况下,一切都在于口吻。从第一个字开始,我的思考就是一种游戏、讽刺、挑衅,带着实验性或探询性的口吻。《不能承受的生命之轻》中的第六部分(《伟大的进军》)是关于媚俗的随笔，其主要的论点是："媚俗是对粪便的绝对否定。"关于媚俗的整个思考对我来说有着一种极为关键的重要性。在它后面有着许多思考，许多经验，许多研究，甚至许多激情，但口吻自始至终都是不严肃的：它具有挑衅性。这一随笔在小说之外难以想象；这就是我说的"小说特有的随笔"。

萨：您提到小说对位法是哲学、叙述与梦幻的统一。现在来看看梦幻。《生活在别处》的整个第二部分都被梦幻叙述占据，《笑忘录》的第六部分也建立在它上面，而通过特蕾莎的那些梦，它又贯穿了《不能承受的生命之轻》。

昆：梦幻叙述，更确切地说，是想象摆脱理性的控制，摆脱真实性的要求，进入理性思考无法进入的景象之中。梦幻只不过是这类想象的一个典范，而获得这类想象在我看来是现代艺术的最大战果。可如何在从定义上来讲必须是对存在的清醒审视的小说中引入不受控制的想象呢？如何统一起如此异质的元素？这可需要一种真正的炼金术！我认为最早想到这种炼金术的是诺瓦利斯。在他的小说《海因利希·冯·奥弗特丁根》第一卷中，他插入了三个长长的梦。这不是在托尔斯泰或者托马斯·曼那里可以找到的"现实主义"模仿之梦。这是受到梦特有的"想象技巧"启发而写出的伟大的诗。但他本人并不满意。这三个梦,在他看来,在小说中就像三座孤岛。于是他想走得更远,写小说的第二卷,其中的叙述,梦幻与现实联在一起,混杂在一起,让人无法区分。但他未能写出这第二卷。他只是留下了一些笔记,描绘了他的美学意图。这一美学意图在一百二十年后由弗兰兹·卡夫卡实现了。卡夫卡的小说是梦幻与现实丝丝入扣的交融。既是向现代世界投去的最清醒的目光,又是最不受拘束的想象。卡夫卡的作品首先是一场巨大的美学革新。一个艺术奇迹。比如,在《城堡》那令人难以置信的一章中,K第一次与弗莉达做爱的场景。或在另一章中,他将小学的一个教室转化成了他与弗莉达以及两个助手的卧室。在卡夫卡之前,如此丰富的想象是不可能存在的。当然,模仿他是可笑的。但跟卡夫卡一样(也跟诺瓦利斯一样),我想在小说中引入梦幻,引入梦幻特有的想象。我的办法不是将"梦幻与现实交融",而是采用一种复调式的对比。"梦幻"叙述只是对位法的几条线之一。

萨：我们再来谈谈别的。我希望回到关于结构统一性的问题。您把《笑忘录》定义为"一部变奏形式的小说"。您真的认为这还是一部小说吗？

昆：使它表面上看不像小说的，是没有情节的统一性。没有情节的统一性，人们就很难想象它是一部小说。即便是"新小说"的那些实验也是建立在情节（或无情节）的统一性上的。斯特恩与狄德罗的乐趣就是将这种统一性变得非常脆弱。雅克与他的主人的旅行只在小说中占了极少的部分，它只是为嵌套其他故事、叙述、思考的一个喜剧性的借口。不过这个借口，这个"套盒"，是必需的，否则小说不成其为小说，或者这样至少是对小说的滑稽模仿。然而我认为存在着某种更为深层的东西来保证小说的统一性：那就是主题的统一性。而且一直以来都是这样。《群魔》的那三条叙述线是由情节安排技巧，但更是由同一主题而联在一起的，主题就是：失去上帝，魔鬼附身。在每一条叙述线中，这一主题就被从一个不同的角度来看待，仿佛同一事物在三面不同的镜子中映照出来。而正是这一事物（这一被我称为主题的抽象事物）给了整部小说一种内在的、最隐秘又是最重要的一致性。在《笑忘录》中，整体的一致性仅仅是通过几个变化的主题（和题材）的统一性创造出来的。它还是不是一部小说？我想是的。小说就是通过一些想象的人物对存在进行的思考。

萨：如果接受一个更广的定义，甚至可以把《十日谈》也看作小说！所有那些短篇都由同一个爱情主题贯穿，被同样十个叙述者来讲述……

昆：我倒不至于那么挑衅，说《十日谈》是小说。然而在现代欧洲，这部作品是创造一种伟大的叙述散文结构的最早尝试之一。从这一点来看，它属于小说史的一部分，至少作为小说的启发者与先驱。您知道，小说走了它已走的历史道路。它也完全可以走上另外一条道路。小说的形式是几乎没有局限的自由。小说在它的历史进程中没有好好利用这一点。它错过了这一自由。它留下了许多尚未探索的形式可能性。

萨：然而，除了《笑忘录》之外，您的小说还是建立在情节的统一性上，尽管有些松散。

昆：我一直以来在两个层次上建构小说：在第一层次，我组织小说故事；在上面的一个层次，我发展各个主题。主题是不间断地在小说故事中并通过小说故事而展开。一旦小说放弃它的那些主题而满足于讲述故事，它就变得平淡了。相反，一个主题可以单独展开，在故事之外展开。这种处理主题的方法，我称之为离题。离题就是说：将小说故事暂时搁下一会儿。比如，在《不能承受的生命之轻》中所有关于媚俗的思考，都是离题：我搁下小说故事，来直接专攻我的主题（媚俗）。从这么一个角度来看，离题并不削弱而是巩固结构原则。我区分主题与题材。题材是主题或故事的一个元素，它在小说进程中多次出现，而且每次的上下文都不一样；比如：贝多芬的四重奏这一题材，从特蕾莎的生活过渡到托马斯的思考，而且还穿越了许多不同的主题：重主题，媚俗主题；或者是萨比娜的圆顶礼帽这一题材，在萨比娜／托马斯、萨比娜／特蕾莎、萨比娜／弗兰茨等场景上都出现了，同时也展开了"不解之词"的主题。

萨：但您说的"主题"确切是什么意思？

昆：一个主题就是对存在的一种探询。而且我越来越意识到，这样一种探询实际上是对一些特别的词、一些主题词进行审视。所以我坚持：小说首先是建立在几个根本性的词语上的。就像勋伯格的"音列"一样。在《笑忘录》中，"音列"是下列词语：遗忘、笑、天使、力脱思特、边界。这五个主要词语在小说进程中被分析、研究、定义、再定义，并因此转化为存在的范畴。小说就建立在这几个范畴上，就像一所房子建立在一些支柱上。《不能承受的生命之轻》的支柱：重、轻、灵魂、身体、伟大的进军、粪便、媚俗、怜悯、眩晕、力量、软弱。

萨：让我们来看看您小说的建筑图。几乎所有小说，除了一部，全是分成七个部分。

昆：写完《玩笑》的时候，我还根本没有理由因它具有七个部分而感到惊讶。接着我写了《生活在别处》。小说快写完了，当时它有六个部分。我并不满意。小说故事让我觉得平淡。突然我想到要在小说中加上一个故事，是在主人公去世三年后发生的

（也就是说超越了小说的时间）。后来成了倒数第二部分，即第六部分：《四十来岁的男人》。一下子，一切都完美了。后来，我发现这第六部分奇怪地跟《玩笑》的第六部分（《考茨卡》）相符，它也在小说中引入了一个处于小说外部的人物，在小说的墙上打开了一扇秘密的窗户。《好笑的爱》开始是十个短篇。当我最后汇成一册时，去掉了三个，整体就变得非常一致，以至于它已经预示了《笑忘录》的结构：同样的主题（特别是"捉弄"主题）将七段叙述联成一个整体，其中第四与第六段叙述被同一个主人公的"搭扣"联在了一起：哈威尔医生。在《笑忘录》中，第四与第六部分也被同一人物联在一起：塔米娜。当我写《不能承受的生命之轻》时，我希望不惜一切代价打破这个命定的数字：七。这部小说一直是按六部分来构思的。可第一部分一直让我觉得不成形。最后，我明白了这一部分实际上包含了两个部分，就像是孪生的连体婴儿一样，要运用一种极为精细的外科手术，将它分为两个部分。我把这些都讲出来是为了说明：（有七个部分）不是出于我对什么神奇数字的迷信，也不是出于理性的计算，而是一种来自深层的、无意识的、无法理解的必然要求，一种形式上的原型，我没有办法避免。我的小说是建立在数字七基础上的同样结构的不同变异。

萨：这一数学秩序到底触及了什么样的深层呢？

昆：就拿《玩笑》来说吧。这部小说是由四个人物来讲述的：路德维克、雅洛斯拉夫、考茨卡和埃莱娜。路德维克的独白占了书的三分之二，其他人的独白加在一起占了三分之一（雅洛斯拉夫六分之一，考茨卡九分之一，埃莱娜十八分之一）。这一数学结构，决定了我称之为人物的照明的东西。路德维克处在全部的光线之中，从里（通过他的内心独白）和从外（其他所有人的独白画出了他的肖像）都被照明了。雅洛斯拉夫通过内心独白占了书的六分之一，他的自画像又从外部被路德维克的内心独白修正，等等。每个人物都被另一种强度的光线以另一种方式照明了。露茜是最重要的人物之一，但她没有内心独白，只是从外部被路德维克和考茨卡的内心独白照明了。由于缺乏内部的照明，使她有了一种神秘的、不可把握的特点。因此，她可以说处于窗户的另一边，人们无法碰到她。

萨：这一数学结构是事先想好的？

昆：不是。这一切都是当《玩笑》在布拉格出版后，多亏看了一位捷克文学评论家的文章《论〈玩笑〉的几何结构》我才发现的。这对我来说是极有启发性的文章。换言之，这一"数学秩序"作为一种形式的必要性自然而然就强加了下来，不需要计算。

萨：是否从那时开始您对数字有了癖好？在您所有的小说中，各个部分与各个章节都是加了数字的。

昆：将小说分为若干部分，将各个部分分成若干章节，再将各个章节分成若干段落，换言之，我希望小说的环节非常清晰。七部分中的每一部分都自成一体。每一部分都以它自己的叙述方式为特点。比如《生活在别处》。第一部分：连续的叙述（也就是说，各个章节之间有一种因果关系）；第二部分：梦幻式叙述；第三部分：断裂的叙述（也就是说，各个章节之间没有因果关系）；第四部分：复调叙述；第五部分：连续的叙述；第六部分：连续的叙述；第七部分：复调叙述。每一部分都有它自己的视野（从另一个想象的自我的视角来叙述）。每一部分又都有它自己的长度：《玩笑》中的长度顺序为：很短；很短；长；短；长；短；长。《生活在别处》中顺序是倒过来的：长；短；长；短；长；很短；很短。我希望每个章节也自成一个小小的整体。所以我总是要求我的出版商把数字印得很明显，并把每一章节分得很清楚（最理想的就是伽里玛出版社的解决办法：每一章节从新的一页开始）。请允许我再一次将小说比作音乐。一个部分也就是一个乐章。每个章节就好比每个节拍。这些节拍或长或短，或者长度非常不规则。这就将我们引向速度的问题。我小说中的每一部分都可以标上一种音乐标记：中速，急板，柔板，等等。

萨：所以速度是由一个部分的长度跟它所包括的章节数量之间的关系来决定的？

昆：让我们从这个角度来看《生活在别处》：

第一部分：七十五页中有十一个章节；中速

第二部分：三十七页中有十四个章节；小快板

第三部分：九十一页中有二十八个章节；快板

第四部分：四十页中有二十五个章节；极快

第五部分：一百〇四页中有十一个章节；中速

第六部分：三十一页中有十七个章节；柔板

第七部分：三十四页中有二十三个章节；急板

您看：第五部分有一百〇四页而只有十一个章节；这是一个平静、缓慢的过程：中速。第四部分在四十页中有二十五个章节！这就让人有一种非常快的感觉：极快。

萨： 第六部分在仅仅三十一页中有十七个章节。假如我没理解错，这就意味着它的频率是很快的。然而您只把它称为"柔板"！

昆： 因为速度还由其他东西来决定：一个部分的长度跟所叙述事件的"真实"时间之间的关系。第五部分，《诗人嫉妒了》，表现了一年的生活，而第六部分，《四十来岁的男人》，只讲述了几个小时之内的事情。章节那么短小的作用就是让时间过得慢些，将一个伟大的瞬间凝固下来……我认为速度之间的反差对比是非常重要的！对我来说，它们常常在我小说的最初构思中就出现，远远早于写作阶段。《生活在别处》的这第六部分,柔板(平和、怜悯的氛围),被后面的第七部分,急板(激动、残酷的氛围),紧紧跟上。在这最后的反差对比中,我试图将小说所有的情感力量都集中到一起。《不能承受的生命之轻》的情况则正好相反。这部小说,从写作一开始,我就知道最后一部分必须是极轻和柔板(《卡列宁的微笑》:宁静、忧郁的氛围,几乎没有什么事件),而且在它前面必须有一个极强、极快的部分(《伟大的进军》:突兀、玩世不恭的氛围,有许多事件)。

萨:所以速度的变化也意味着情感氛围的变化。

昆:这又是音乐的伟大教益。乐曲的每一个段落在我们身上起的作用,不管我们愿不愿意,都是通过一种情感表达来发生的。一直以来,一部交响乐或者一首奏鸣曲的乐章顺序由一个不成文的交替原则决定:缓慢的乐章与快速的乐章,也即悲哀的乐章与欢乐的乐章,交替出现。这样的情感反差很快就成了一种可恶的俗套,只有大师才能够打破(有时也不一定能打破)。从这个意义上来说,我欣赏肖邦的奏鸣曲,一个人人皆知的例子,它的

第三乐章是葬礼进行曲。在这样一个伟大的永别之后还能够说些什么？难道跟平常一样以一个欢快的回旋曲结束？即使贝多芬的作品二十六号奏鸣曲也未能逃脱这一俗套，贝多芬在葬礼进行曲（也是第三乐章）后面接了一个欢快的最后乐章。肖邦奏鸣曲的第四乐章是非常奇怪的：极轻，快捷，短促，没有任何旋律，完全没有感情：似一道远方的狂风，一个沉重的噪音，预示了永久的遗忘。这两个乐章的相邻（一个充满感情，一个毫无感情）使你的心被揪得紧紧的。这是绝对天才的做法。我提到它是为了让您明白，构思一部小说，是要将不同的情感空间并置在一起，而这在我看来就是一个小说家最高妙的艺术。

萨：您所受的音乐教育是否大大影响了您的写作？

昆：一直到二十五岁前，我更多的是被音乐吸引，而不是文学。我当时做的最棒的一件事就是为四种乐器作了一首曲：钢琴、中提琴、单簧管和打击乐器。它以几乎漫画的方式预示了我当时根本无法预知其存在的小说的结构。您想想，这首《为四种乐器谱的曲》分为七个部分！就跟我小说中一样，整体由形式上相当异质的部分构成（爵士乐；对圆舞曲的滑稽模仿；赋格曲；合唱；等等），而且每个部分有不同的配器（钢琴、中提琴；钢琴独奏；中提琴、单簧管、打击乐器；等等）。这一形式的多样性因主题的高度统一性而得到平衡：从头到尾只展示了两个主题：A与B。最后三个部分建立在我当时认为非常独创的一种复调基础上：两个不同的、在情感上相矛盾的主题同时展开；比如，在最后一个部分：用一个录音机重复播放第三乐章（由单簧管、中提琴、钢琴伴奏的庄严合唱表现的主题A），同时，打击乐器与小号（单簧管手必须将他的单簧管换成小号）带着一个主题B的变奏（以"狂野"的风格）介入。而这里又有一个奇怪的相似之处：到第六部分才首次出现一个新的主题，主题C，就像《玩笑》中的考茨卡或者《生活在别处》中的那个四十来岁的男人一样。我跟您讲这些是为了向您表明，一部小说的形式，它的"数学结构"，并非某种计算出来的东西；这是一种无意识的必然要求，是一种挥之不去的东西。以前，我还以为这一萦绕着我的形式是我个人的某种代数定义，可是，几年前的某一天，我更加仔细地听了贝多芬

的第一三一号四重奏,我不得不放弃了以前对形式自恋的、主观的观念。您看看:

第一乐章:慢;赋格曲形式;七分二十一秒

第二乐章:快;无法归类的形式;三分二十六秒

第三乐章:慢;一个主题的简单呈示;五十一秒

第四乐章:慢、快;变奏形式;十三分四十八秒

第五乐章:很快;谐谑曲;五分三十五秒

第六乐章:很慢;一个主题的简单呈示;一分五十八秒

第七乐章:快;奏鸣曲形式;六分三十秒

贝多芬可能是最伟大的音乐建筑师。他承袭的奏鸣曲是四个乐章的套曲,四个乐章常常是随机地组合在一起,第一乐章(以奏鸣曲形式写出)总是比后面几个乐章(以回旋曲、小步舞曲等形式写出)要重要些。贝多芬的整个艺术演变都受到了将这一随机的组合转变为一个真正的统一体意愿的影响。因此,在他谱写的钢琴奏鸣曲中,他渐渐将重心从第一乐章移向最后一个乐章,他经常将奏鸣曲简化为只有两个部分,他在不同的乐章中展示同

样的主题，等等。但同时他又试着在这统一体中引入最大限度的形式多样性。他好几次在奏鸣曲中插入一大段赋格曲，这体现了极大的勇气，因为在一个奏鸣曲中，赋格曲的出现就跟在布洛赫的小说中关于价值贬值的随笔一样显得异质。一三一号四重奏是结构完美性的顶峰。我只想请您注意我们刚才提到过的一个细节：长度的多样化。第三乐章的长度只是下一个乐章的十六分之一！而正是两个那么奇怪的短促乐章（第三和第六乐章）将如此多样的七个部分联在了一起！假如所有这些乐章大概都是一样的长度，统一体就会崩溃。为什么呢？我无法解释。就是这样。七个长度一样的部分，就好像是七个大大的衣柜一个挨一个地摆在一起。

萨：您几乎不提《告别圆舞曲》。

昆：然而这部小说从某种意义上来讲是我最珍爱的。跟《好笑的爱》一样，写它比写别的小说更多了一份好玩、一份乐趣。是另一种心境，写得也快得多。

萨：它只有五个部分。

昆：它建立在一个跟我的其他小说完全不同的形式原型上。

它完全是同质的，没有离题，只由一种材料构成，以同样的节奏叙述，它很戏剧化，很风格化，建立在滑稽剧的形式基础上。在《好笑的爱》中，您可以读到一个短篇，叫《座谈会》。在捷克语中它叫《聚会》，是对柏拉图《会饮篇》的戏仿。是关于爱情的长篇讨论。而这篇《座谈会》完全是跟《告别圆舞曲》一样的结构：五幕的滑稽剧。

萨：滑稽剧这个词在您看来是什么意思？

昆：一种十分注重情节的形式，加上许多意想不到的、夸张的巧合。就是拉比什[①]戏剧中的那种。在一部小说中，再没有比带有滑稽剧式夸张的情节更古怪，更可笑，更过时，更低级趣味的了。从福楼拜开始，小说家尽量去除情节的人工化，于是小说经常变得比最灰色的生活更灰色。然而最早的小说家在面对不可信时没有类似的顾虑。在《堂吉诃德》的第一部，在西班牙中部某处一个客店，所有人都碰巧遇到一起：堂吉诃德、桑丘·潘沙、

---

① Eugène Labiche（1815—1888），法国滑稽戏剧家。

他们的朋友理发师与神父，然后就是卡迪纽，一个叫堂费南铎的人抢走了他的未婚妻陆荜达，但很快又出现了被这同一个堂费南铎抛弃了的未婚妻多若泰，后来就出现了这个堂费南铎跟陆荜达两人，接着是一个从摩尔人的监狱中逃出的军官，接着是寻找了他多年的弟弟审判官，接着是审判官的女儿克拉拉，再接着就是追着来的克拉拉的情人年轻骡夫，而骡夫本人又被自己父亲的仆人追赶……这是一系列完全没有可能的巧合与相遇的堆积。但在塞万提斯那里，不能把这看作是一种幼稚或者是一种笨拙。当时的小说跟读者还没有签下真实性之约。它们并不想模仿现实，它们只想逗人乐，让人开心，让人惊奇，让人着迷。它们是游戏性的，它们的巧妙就在于此。十九世纪的开端代表着小说史上一个巨大的变化。我甚至可以说是一个巨大的震动。对现实进行模仿的命令很快就让塞万提斯的客店变得可笑。二十世纪经常反抗十九世纪的遗产。然而，简单回到塞万提斯的客店已经不可能了。在他的客店与我们之间，十九世纪现实主义的经验已经横亘，从此，若在小说中出现不大可能的巧合，必然有所企图。它或者有意变得滑稽、讽刺、戏仿（《梵蒂冈地窖》或者《费尔迪杜尔克》都是例子），或者是奇异的、梦幻的。卡夫卡的第一部小说《美国》就是这样。读读第一章，卡尔·罗斯曼与他舅舅完全不可能的相遇：这就像是对塞万提斯的客店的怀念。但在这部小说中，不合情理的情景（甚至不可能的情景）都带着那样的细致、那样的真实幻觉写出，让人感到进入了一个虽然不合情理却比现实更真实的世界。这一点我们一定要记住：卡夫卡是通过塞万提斯的客店，通过滑稽剧的大门进入他的第一个"超现实"世界（他的第一次"现实与梦幻的交融"）的。

萨：滑稽剧这个词让人想到一种娱乐性。

昆：最初，伟大的欧洲小说都有一种娱乐性，所有真正的小说家都怀念它！而且娱乐根本不排除严肃。在《告别圆舞曲》中，人们自问：人是否有在这个地球上生活的权利，是否应当将"地球从人类的爪子下解放出来"？将问题最严重的一面跟形式最轻薄的一面结合，这向来是我的雄心。而且这一雄心并非纯粹是艺术上的。一种轻浮形式跟一个严肃主题的结合使我们个人的戏剧

（不管是发生在我们床上的，还是我们在历史的大舞台上演出的）显得极无意义。

萨：所以，在您的小说中有两种形式原型：一、将异质的元素统一在建立于数字七之上的建筑中的复调结构；二、滑稽剧式的、同质的、戏剧化的、让人感到不合情理的结构。

昆：我总是梦想着做出意想不到的不忠之事。但到目前为止，我还未能逃脱跟这两种形式的一夫二妻关系。

第五部分

那后边的某个地方

> 诗人没有创造出诗
>
> 诗在那后边的某个地方
>
> 很久以来它就在那里
>
> 诗人只是将它发现
>
> ——扬·斯卡采尔

1

我的朋友约瑟夫·什克沃雷茨基在他的一本书中讲述了这个真实的故事：

一名布拉格工程师应邀参加在伦敦举行的一个科学研讨会。他去参加了讨论，又回到布拉格。回去几个小时后，他在办公室拿起《红色权利报》(党的机关日报)，在上面赫然读到：一名捷克工程师被派去伦敦参加研讨会，他面对西方新闻界作了一个诬蔑他社会主义祖国的宣言，然后就决定留在西方了。

非法移民，再加上这样一个宣言，可不是件小事。这可是要蹲二十来年监狱的。我们这位工程师无法相信自己的眼睛。可文章讲的就是他，肯定没有错。他的女秘书走进办公室，看到他吓了一跳："天啊，"她说，"您回来了！这可不明智；您看到人家是怎么写的吗？"

工程师在女秘书的眼中看出了恐惧。他能做什么呢？他赶到《红色权利报》的编辑部，在那儿找到了主编。主编向他道歉，确实，这件事做得真尴尬，可这不是他这位主编的错，他这篇文章是直接从内政部收到的。

工程师于是去了内政部。在那儿，人家跟他说，对，肯定是个错误，可这不是他们内政部人的错，他们是从驻伦敦使馆的秘密机构那里收到关于他的报告的。工程师让他们辟谣。人家跟他说，不，辟谣，那做不到，但保证他不会有什么事，他尽可高枕无忧。

可工程师没能高枕无忧。相反，他很快就意识到自己突然被严密监视了，有人监听他的电话，他在大街上也有人跟踪。他无法入眠，老是做噩梦，直到有一天，他实在受不了这份紧张，于是冒了很大的、真正的危险，非法地离开了国家。就这样，他真的成了一个移民。

2

我上面讲述的故事是人们毫不犹豫地称为卡夫卡式故事中的一个。这个叫法，源于几部艺术作品，仅仅是由一位小说家笔下的人物形象决定，成了一些处境（不管是文学的还是现实的）的唯一共同点，其他任何词都无法把握，而面对这些处境，不管是政治学、社会学还是心理学，都不能为我们提供钥匙。

可究竟什么是卡夫卡式？

我们来试着描绘一下它的几个方面：

首先：

工程师面对的权力有着一个漫无边际的迷宫的特点。他永远也无法到达它那些无穷无尽的通道的尽头，永远也找不到是谁发布了那致命的宣判。所以他跟约瑟夫·K面对法庭，或者土地测量员K面对城堡时的处境是一样的。他们身处的世界都只是一个巨大的迷宫般的机构，他们无法逃出，他们也无法理解。

在卡夫卡之前，小说家经常把那些机构作为不同的个人或社会利益在其中相斗的竞技场来揭露。在卡夫卡那里，机构成了一个遵循自身法则的机制，而这些法则谁也不知道是由什么人、在什么时候定下的，而且跟人的利益没有任何关系，所以根本就是不可理解的。

第二：

在《城堡》的第五章，村长细致地向K解释了他档案的长长历史。我们在此简述之：十几年前，城堡向村政府提出申请，要雇用一名土地测量员。村长的笔头回复是否定的（没有人需要什么土地测量员），可回复丢失在了另一个办公室，就这样，在延续好几年的官僚误会的微妙运作下，有一天，一不小心，邀请函真的就发给了K，正好是所有相关的办公室都正在清理过时申请的时候。经过长长的旅行后，K 就这样由于错误来到了村子。而且更严重的是：由于对他来说，除了村子里的这座城堡不可能有任何另外的世界，所以他的整个存在都只是一个错误。

在卡夫卡的世界，档案就像是柏拉图的理念。它代表的是真正的现实，而人的物质性存在只是投射在幻觉屏幕上的影子。事实上，土地测量员 K 和那位布拉格的工程师都只是他们档案卡片的影子；他们甚至远远达不到这点：他们只是档案中的一个错误的影子，也就是一些无权作为影子而存在的影子。

可既然人的生活只是影子，既然真正的现实在别处，在不可企及处，在非人处，在超人处，那么我们一下子就进入了神学。确实，最早诠释卡夫卡的人都把他的小说解释为一种宗教寓言。

这种诠释在我看来是错误的（因为卡夫卡抓住了人类生活的一些具体处境，而这种诠释却认为那只是个寓言），但深具启发意义：在权力被神圣化的任何地方，权力自然而然就生出它自身的神学；在权力像上帝一样为所欲为的任何地方，权力就引起对于它的宗教感情；在这种情况下，世界就可以用一种神学语言来描绘。

卡夫卡没有写宗教寓言，可卡夫卡式的东西（不管是在现实中，还是在虚构中）无法跟它神学的（或更确切地说：伪神学的）一面分开。

第三：

拉斯科尔尼科夫无法忍受他负罪感的重压，为了找到安宁，他自愿接受惩罚。这是一个大家都能明白的处境：有过错就一定有惩罚。

在卡夫卡那里，逻辑反过来了。受惩罚的不知道受惩罚的理由。惩罚的荒诞性是那么让人难以忍受，所以为了找到安宁，被控告的要为他所受到的惩罚辩护：有惩罚就一定有过错。

那位布拉格的工程师被警察的严密监视所惩罚。这一惩罚召唤着并没有犯的罪，于是被人控告非法移民的工程师终于真的移民了。有惩罚，就真的有了过错。

K不知道他是为什么而被控告的。在《审判》的第七章中，他决定审视他的一生，他的过去，"连最小的细节也不放过"。"自我负罪"的机器开始启动了。被控告的在寻找他的过错。

有一天，阿玛丽亚收到一封来自城堡一名公务员的淫秽不堪的信。她感到非常气愤，把它撕了。城堡根本不需要去斥责阿玛丽亚这一大胆的举动。恐惧（正如工程师在他的女秘书眼中看到的）自己会起作用。没有来自城堡的任何命令，任何看得见的信号，所有人都回避阿玛丽亚一家，仿佛这一家子染了鼠疫一般。

阿玛丽亚的父亲想保护他的家庭。可有个困难：不光判决的主人找不到，而且判决本身也不存在！要想能够上诉，要想要求宽恕，先得被定罪！父亲哀求城堡，请它宣布他女儿是有罪的。这就不能说是有惩罚就一定有过错了。在这个伪神学的世界里，被惩罚的人哀求人们承认他是有罪的！

今天在布拉格，经常发生一个人一旦遭贬，就再也找不到工作的现象。他要求得到一纸说明他犯了错误而被禁止工作的证明也是徒劳的。判决书是找不到的。而且由于在布拉格工作是一项法律规定的义务，他最后被控告是寄生虫；也就是说他的罪就是不工作。有惩罚，就终于有了过错。

第四：

那位布拉格工程师的故事有滑稽故事、有玩笑的性质，它引人发笑。

两个非常普通的先生（并非法文译本让人以为的"检察官"），一天早晨突然来到约瑟夫·K床前，对还在床上的他说，他被捕了，而且还吃了他的早餐。K这位尽职本分的公务员没有将他们赶出房间，而是穿着睡衣在他们面前为自己辩护了很长时间。当卡夫卡向他的朋友读《审判》第一章时，所有人都笑了，包括作者本人。他们笑是有理由的，喜剧跟卡夫卡式的本质是不可分的。

但对工程师来说，知道自己的故事是喜剧的，只是一个杯水车薪的安慰。他被困在自己生活的玩笑之中，就像一条鱼被困在玻璃缸之中；他不认为这好笑。确实，一个玩笑只对那些在玻璃缸前面的人来说是可笑的；而卡夫卡式则相反，它把我们带到鱼缸内，带到一个玩笑的内脏深处，带到喜剧的恐怖之处。

在卡夫卡式的世界内，喜剧并不像在莎士比亚那里是悲剧的对应（悲-喜剧）；它并不靠轻松的口吻试着让悲剧变得更好受些；它并不陪伴悲剧,不,它把悲剧扼杀在摇篮中,这样就使受害者连唯一可以企盼的安慰也失去了:处于(真实的或假设的)悲剧的崇高性中的安慰。工程师失去了祖国,而所有的听众都笑了。

3

在现代历史上的有些时期,生活就像是卡夫卡的小说。

当我还生活在布拉格的时候,我不知多少次听到人家用"城堡"这个词来指党委所在地(一栋丑陋而且还很现代的房子)。我不知多少次听到人们将党的第二号人物(某位叫亨德里希的同志)称为克拉姆(更妙的是,在捷克语中克拉姆是"幻景"或"骗局"的意思)。

五十年代,捷共的一位重要人物,诗人N,在一次斯大林式的审判之后被关了起来。在牢房里,他写了一本诗集,他在诗中表白说,尽管遭遇了一系列可怕的事情,他还是对共产主义忠诚无比。这并非出于懦弱。诗人认为他的忠诚（忠诚于他的那些刽子手）是他的品德、他的正直的表现。得知有这样一本诗集存在的布拉格市民将它戏称为《约瑟夫·K的感恩》。

从卡夫卡的小说中摘选出来的意象、处境，甚至很具体的话，都是布拉格生活的一部分。

说到这儿，人们可能会想这样来作出结论：卡夫卡的那些意象在布拉格是活生生的，因为它们是对极权社会的预言。

这一断定还是需要加以修正：所谓卡夫卡式并非一个社会学或者政治学的概念。人们试图把卡夫卡的小说解释为对工业社会，对剥削、异化、资产阶级道德的批评，总之是对资本主义的批评。可是，在卡夫卡的世界里，几乎找不到任何可以构成资本主义的东西：既没有金钱及其力量，也没有商业，也没有财产与财产拥有者，也没有阶级斗争。

卡夫卡式也不符合对极权体制的定义。在卡夫卡的小说中，既没有党，也没有意识形态与意识形态的语言，既没有政治，也没有警察，也没有军队。

所以卡夫卡式更像是代表了一种人与其所处世界的基本可能性，一种历史上并没有确定下来的可能性，它几乎永恒地伴随着人类。

但修正并没有使下列问题消失：怎么可能在布拉格，卡夫卡的小说跟生活混淆在一起，而在巴黎，同是那些小说，却被看作是作者纯主观世界的难解的表现？这是否意味着人与其所处世界的这一被称为卡夫卡式的潜在可能性在布拉格比在巴黎更易转化为具体的命运？

在现代历史上有过一些倾向，在大的社会范围内产生了卡夫卡式的东西：有神圣化趋向的权力的逐渐集中化；将所有的机构都转化为漫无边际的迷宫的社会行为的官僚化；因之而产生的个体的非个性化。

极权国家作为这些倾向的极端集中，将卡夫卡小说和现实生活之间的紧密关系变得显而易见。但是，假如说在西方看不到这种关系，那并不仅仅是因为所谓的民主社会没有今天的布拉格社会那么卡夫卡式，我认为那也是因为在这里，人们已经彻底失去了现实感。

因为所谓的民主社会也经历了非个性化和官僚化的过程。整个地球都成了这个过程的舞台。卡夫卡的小说是这个过程梦幻的、想象的夸张；极权国家是这个过程乏味的、物质的夸张。

但为什么卡夫卡是第一个把握这些倾向的小说家，而这些倾向只是在他去世之后才完全清晰地、粗暴地展现在历史舞台上？

4

如果我们不愿意被一些关于卡夫卡的神话和传说欺骗，我们就找不到弗兰兹·卡夫卡对政治感兴趣的任何一个重要迹象。从这个意义上讲，他跟他的所有布拉格朋友不同，跟马克斯·布洛德、弗兰兹·魏菲尔[①]、埃贡·埃尔温·基什[②]，以及所有先锋派

[①] Franz Werfel（1890—1945），出生于布拉格的德语作家。
[②] Egon Erwin Kisch（1885—1948），出生于布拉格的德语作家。

人士都不同，因为他们自认知道历史的发展方向，总爱提到未来的面孔会是什么样子。

那怎么可能不是他们的作品，而是他们那位孤独的伙伴，那个内向的、只专注于他自己的生活和他的艺术的人的作品，在今天被接受为一种社会与政治的预言，并因此而在当今地球上的许多地方遭禁？

我有一天在一位老朋友家里亲眼看到了一幕情景之后，想到了这一神秘的事实。这位女士在一九五一年布拉格的那些斯大林式审判期间被捕了，并因为一些她没有犯下的罪而被判了刑。而且，在当时有成百上千的共产党员处于与她相同的处境。他们一辈子都完全跟他们的党认同。当这个党突然成了他们的控告者的时候，他们跟约瑟夫·K一样，决定去"审视他们所有的过去，连最小的细节也不放过"，以找出他们身上隐藏着的错，并在最后承认一些想象出来的罪行。我的朋友最后保住了命，因为靠了她非凡的勇气，她拒绝跟她所有的同志一样，跟诗人 N 一样，去"寻找自己的过错"。由于拒绝帮助她的那些刽子手，她对那一出最后审判的戏来说变得毫无用处。就这样,她没有被处以绞刑,而只是被判了无期徒刑。十五年之后,她被彻底平反,放了出来。

在她被捕的时候,她的孩子才一岁。从监狱出来之后,她找到了已经十六岁的儿子,跟他开始了两人朴素、孤独的幸福生活。她在感情上完全依赖他,这一点再合情理不过了。他儿子已经二十六岁了,有一天,我去看他们。母亲在生气,愤愤然的,在哭泣。原因完全是毫无意义的:儿子早晨起得太晚了,或者类似的什么事情。我就跟她说:"干吗为这么一件小事动怒?为这么一件事值得流泪吗?你过分了!"

儿子代替母亲回答:"不,我母亲没有过分,我母亲是个优秀勇敢的女人。她在所有人失败的地方顶住了。她希望我成为一个正直的人。是的,我起得太晚了,但我母亲指责我的,是更深刻的东西。那就是我的态度。我自私的态度。我愿意成为我母亲希望我成为的样子。这一点我当着你的面向她承诺。"

党没有能够在这位母亲身上做到的,这位母亲在她儿子身上做到了。她逼着他跟那个荒诞的指责认同,去"寻找自己的过错",还公开认错。我很惊讶地看着这一幕微型的斯大林式审判。我马上明白了在一些大的历史事件(表面上看来是不可思议的、非人性的)中起作用的心理机制跟那些在隐私的处境(完全是平凡的、人性的)中起作用的心理机制是一样的。

5

卡夫卡写给他父亲的那封没有发出的信很好地表明,卡夫卡是从家庭,从孩子跟父母的神圣化权力之间的关系中学到关于负罪技巧的知识的。这一技巧成了他小说的重要主题之一。在《判决》这个跟作者的家庭经历紧紧联系在一起的短篇中,父亲控诉他的儿子,命令他去跳河。儿子接受了捏造的罪行,然后乖乖地投入河中,就跟后来他的后继者约瑟夫·K被一个神秘的机构控诉有罪,就自愿被人绞死一样。这两个控诉、这两种负罪和这两次判刑之间的相似性暴露出卡夫卡作品中将隐私的家庭"极权主义"跟他的那些社会大视野的"极权主义"连在一起的延续性。

极权社会，尤其是在它的极端形式下，总有打破公众世界与私人世界之间界线的倾向；变得越来越晦暗的权力，要求公民的生活比任何时候都更透明。这一没有秘密的生活的理想跟一个榜样式家庭的理想是一致的：在党或者国家面前，一个公民没有权利隐瞒任何东西，就像一个孩子在父亲或母亲面前没有隐私权。极权社会，在它们的宣传中，露出一个田园牧歌式的微笑：它们希望显得像是个"大家庭"一样。

人们经常说卡夫卡的小说表达了一种很强烈的对集体、对与人接触的欲望；K这样失去了根的人好像只有一个目标：超越他那不幸的孤独。而这样一种解释不光是一种俗套，一种意义上的消减，而且还正好理解反了。

土地测量者K根本没有在寻求跟人接触，寻求他们的温暖，他不想跟萨特笔下的俄瑞斯忒斯一样成为"众人中的一员"；他不想被一个集体接受，而想被一个机构接受。为了达到这一目的，他必须付出极大的代价：他必须放弃他的孤独。而这就是他的地狱：他永远都不是独自一人，从城堡派来的两个助手不断地跟随着他。他们观看了他跟弗莉达的第一次做爱，就坐在咖啡馆的柜台上，从上往下观看，而且从这一刻起，这两人就不离开他们的床了。

不是不幸的孤独，而是被侵犯的孤独，这才是卡夫卡的强迫症！

卡尔·罗斯曼不断被别人打扰：人家卖了他的衣服；人家拿走了他父母的唯一一张照片；在寝室中，在他的床边，男孩们在练拳击，而且时不时地有人摔到他的身上；两个流氓，罗宾逊与德拉马什，逼着他跟他们一起生活，因而肥胖的布露内尔姐的叹息声在他的睡梦中回响。

约瑟夫·K的故事也是以隐私遭到侵犯开始的：两个陌生的先生来到他床前拘捕他。从这一天起，他就再也不觉得孤单了：法庭追着他、观察他、跟他说话；他的私生活渐渐消失，被一直围捕着他的神秘机构吞没。

那些抒情的作家喜欢鼓吹消除秘密，鼓吹个人生活的透明性，他们意识不到他们因此而带来的一系列进程。极权主义的起点跟《审判》的开头是一样的：有人突然会到你床前来抓你。他们会走过来，就像你父亲、你母亲喜欢做的那样。

人们经常想，卡夫卡的小说是作者最个人、最隐私的内心冲突的投射，还是客观的"社会机器"的描绘。

卡夫卡式既不局限于隐私领域，也不局限于公众领域；它把它们两者包容在一起。公众世界是私人世界的镜子，而私人世界又折射着公众世界。

6

在谈到产生卡夫卡式现象的微观社会实践时，我不光想到了家庭，还想到了卡夫卡度过整个成年生活的机构：办公室。

人们经常把卡夫卡笔下的主人公诠释为对知识分子的寓意化投射，可格里高尔·萨姆沙没有一丝知识分子的味道。当他醒来发现自己变成一只甲虫时，他只有一个挂念：如何在这个新形态下，准时赶到办公室去上班？在他的脑子里只有他的工作已经使他习惯了的服从和规矩：他是一个职员，一个公务员，而且卡夫卡的所有人物都是如此；并非作为一种社会学类型的公务员（比如在左拉的小说中），而是作为一种人的可能性，一种存在的基本方式。

在公务员的官僚世界中，首先，没有主动性，没有创造，没有行动自由；只有命令与规矩：这是一个服从的世界。

第二，公务员从事的只是庞大的行政工作中的一小部分，而这一工作的目的与前景都是他所不清楚的；这是一个动作手势变得机械化的世界，人们在其中不知道他们所作所为的意义。

第三，公务员只跟匿名的东西和卷宗打交道：这是一个抽象的世界。

在这样一个服从、机械和抽象的世界中（其中，人的唯一经历就是从一个办公室到另一个办公室）放置小说,这一点显得跟史诗的本质相反。所以就有了这个问题：卡夫卡是如何将这样一种灰色的反诗性材料转化成引人入胜的小说的？

我们可以在他写给米莱娜的一封信中找到答案："办公室并非一个愚蠢的机构；它应该属于神奇的世界而非愚蠢的世界。"在这句话中隐藏着卡夫卡最重大的秘诀之一。他看到了任何人没有看到的东西：不光是官僚现象对人、对人的境遇以及人的未来的重要性,而且还有（这一点更让人惊讶）在办公室幽灵般的特色中隐含的潜在诗性。

可这句话又是什么意思：办公室属于神奇的世界？

那位布拉格的工程师可以明白这句话：他档案中的一个错误将他抛向了伦敦；就这样,他在布拉格游荡,成了真正的幽灵,寻找着丢失了的身体,而他进进出出的那些办公室在他眼里仿佛来自一个未知神话的漫无边际的迷宫。

多亏他在官僚世界中看到的神奇的一面,卡夫卡成功地完成了在他之前看来不可能的事情：将一种根本反诗性的材料,即极端官僚化的社会，转化为小说中伟大的诗性；将一个极其平凡的故事，即一个人无法得到被允诺的职位（这其实就是《城堡》的故事），转化为神话，转化为史诗，转化为前所未见的美。

在将办公室的布景放大到一个世界那么大的范围后，卡夫卡在他自己都没有料到的情况下，展现了让我们着迷的意象，因为这意象跟他从没有经历过的社会，也即今天的布拉格人的社会，是那么相似。

事实上，一个极权国家只是一个庞大的行政机构：由于所有的工作都在那里国家化了，所以所有职业的人都成了职员。一个工人不再是工人，一个法官不再是法官，一个商人不再是商人，一个神父不再是神父：他们都成了国家的公务员。在大教堂内，教士对约瑟夫·K说："我属于法庭。"在卡夫卡那里，律师也是为法庭服务的。一个今天的布拉格人并不会对此感到惊讶。他不会比K更好地受到辩护。他的律师也不是为被告人服务，而是为法庭服务。

7

在一首由一百组四行诗构成的长诗中,伟大的捷克诗人扬·斯卡采尔带着一种几乎是孩童式的单纯,探索了最重大与最复杂的问题。他写道:

> 诗人没有创造出诗
>
> 诗在那后边的某个地方
>
> 很久以来它就在那里
>
> 诗人只是将它发现。

所以对诗人来说写作就是要打破隔板,发现在它后面藏在阴影中的某种不变的东西("诗")。这就是为什么(由于这一令人惊叹的、突然的揭示),"诗"首先是作为一种炫目的现象而出现在我们面前的。

我十四岁时,第一次读了《城堡》,这本书让我欣喜若狂,尽管它所包含的广博知识（卡夫卡式的整个真正意义）我当时还无法理解：我感到眼花缭乱。

后来我的眼睛习惯了"诗"的光芒，我开始在震撼了我的东西中看到我自己的生活经历；然而，光芒依然存在。

"诗"是不变的，它在那里等着我们，扬·斯卡采尔说，"很久以来"就在那里等着我们。但在一个永恒变换的世界里，"不变"是否是纯粹的幻觉？

不是。任何处境都是人的事实，只能包含人身上有的东西；因此我们可以想象它（它以及它所有的形而上学）"很久以来"就作为人类的可能性存在着。

可在这种情况下，对诗人来说，历史（也就是并非不变的）又代表了什么？

在诗人眼中，奇怪的是，历史处于一个与他个人的历史相平行的位置：它并不创造什么，它只是在发现。通过一些前所未有的处境，它揭示出什么是人，揭示出"很久以来"就在人身上的东西，揭示出人的可能性。

假如说"诗"已经在那里了,那么说诗人有预见的能力就不合逻辑;不,他只是"发现"一种人的可能性(即这"很久以来"就在那里的"诗"),而历史有一天也会发现它。

卡夫卡没有预言。他只是见到了"那后边"的东西。他不知道他的所见同时也是一种预见。他没有揭示一个社会体系的意图。他阐明了他通过人的隐私与微观社会实践而了解的机制,没有想到历史后来的发展将这些机制在历史的大舞台上启动了。

权力的催眠目光,对自己过错的绝望寻找,被排除在外以及害怕被排除在外,不得不随大流,现实的幽灵般特点以及档案的魔法般现实,对隐私生活的不断侵犯,等等,历史和人在它巨大的试管中进行的所有这些实验,卡夫卡都在他的小说中(早了好几年)进行了。

极权社会的真实世界与卡夫卡的"诗"之间的相遇总会保留着某种神秘的东西,它将证明,诗人的行为,从其本质上来看,是难以估量的;而且是悖论式的:卡夫卡小说巨大的社会意义、政治意义以及"预言"意义都存在于它们的"非介入"状态,也就是说在它们相对于所有政治规划、意识形态观念、未来主义预见而言所保持的完全自主性中。

事实上，假如诗人不去寻找隐藏在"那后边的某个地方"的"诗"，而是"介入"，去为一个已知的真理服务（这一真理自己显示出来，在"那前边"），他就放弃了诗人的天职。而且不管这一预想到的真理名叫"革命"还是"分裂"，是基督教信念还是无神论，是正义的还是不那么正义的；诗人为有待发现的真理（炫目的真理）之外的真理服务，就不是真正的诗人。

我之所以这样强烈地坚持卡夫卡的遗产，之所以像捍卫我个人的遗产一样捍卫它，并非因为我认为去模仿不可模仿的东西（即再一次去发现卡夫卡式的东西）有什么教益，而是因为他的小说是小说彻底自主性的上佳典范（即作为诗的小说）。弗兰兹·卡夫卡通过小说的彻底自主性，就我们人类的境遇（按它在我们这个时代所呈现出来的样子）说出了任何社会学或者政治学的思考都无法向我们说出的东西。

第六部分

六十七个词

一九六八年与一九六九年,《玩笑》被译成所有的西方语言。可译文中有那么多令人惊讶之处!在法国,译者修饰了我的风格,重写了我的小说。在英国,出版社删除了我所有思考的段落,去掉了讨论音乐的章节,颠倒了各个部分的顺序,重新组合了小说。还有一个国家,我见到了我的译者:他连一个捷克语单词都不认识。"您是怎样翻译的?"他回答:"用我的心!"还从他的钱包中掏出一张我的照片。他是那么友好,让我差点相信真的只需要心有灵犀就可以翻译。当然,事实更简单:他从经过重写的法语版本译出,跟阿根廷译者一样。还有一个国家,倒是从捷克语译出的。我打开书,偶然看到了埃莱娜的独白。我那些每句都占整整一段的长句,被分割成了许多个简单的句子……因《玩笑》的翻译而在我身上引起的震惊一直影响着我。尤其是对我这个几乎已失去了捷克读者的人来说，译本就意味着一切。这就是为什么，几年前，我决定一劳永逸地在我的书的那些译本中清理一番。这当然引起了一些冲突，也很累人：我生命中的整整一个时期都被完全用在对我能阅读的三四种外语的新旧小说译本进行阅读、检查、修订……

一个积极地监控着他的小说译本的作者在无数个字词后面跑，就像跟在一群野羊后面跑的牧羊人；这一形象对他本人来说是悲哀的，对别人来说则是可笑的。我怀疑我的朋友皮埃尔·诺拉，《辩论》杂志的主编，真的意识到了我这一牧羊人的生活既悲哀又可笑的一面。有一天，带着掩饰不住的怜悯，他对我说："忘了你的那些痛苦，还是给我的杂志写点什么吧。译本逼着你去对每一个字词进行思考。那就写一部你本人的词典吧。你小说的词典。你的关键词，你的问题词，你喜爱的词……"

可不，这就写成了。

【奥克塔维奥】*OCTAVIO*　我正在撰写这部小词典的时候，墨西哥中部发生了可怕的地震，奥克塔维奥·帕斯与他的夫人玛丽-乔住在那里。整整九天没有他们的消息。九月二十七日，电话来了：有了奥克塔维奥的消息。我为他健康平安举杯欢庆。然后，我把他的名字，对我来说那么重要、那么亲切的名字作为这些词中的第一个词。

【背叛】*TRAHIR*　"可到底什么是背叛？背叛，就是脱离自己的位置。背叛，就是摆脱原位，投向未知。萨比娜觉得再没有比投身未知更美妙的了。"(《不能承受的生命之轻》)

【笔名】*PSEUDONYME*　我幻想有这样一个世界，里面的所有作家为法律所迫，都必须隐藏他们的身份，使用笔名。这有三个好处：对写作癖是一种彻底的限制；在文学生活中可以少去许多侵犯性；对一部作品可以不去探究作者的生平。

【比喻】*MÉTAPHORE*　如果它们只是一种装饰，我并不喜欢它们。装饰性的比喻不光是指"草地如绿色地毯"之类的，而且包括里尔克那样的："他们的笑从嘴间渗出来，仿佛化脓的伤口。"

或者:"他的祈祷已经落尽叶子,从他的嘴中竖起,如一株枯死的灌木。"(《马尔特·劳里兹·布里格日记》)相反,作为一种在突然的启示下把握事物、处境与人物不可把握的本质的手段,比喻是必不可少的。即定义性的比喻。比如在布洛赫那里,关于埃施的存在态度的比喻:"他希冀获得没有暧昧性的清晰:他希望创造一个极为简单的世界,而他的孤独可以像系在一根铁柱子上一样维系在这种简单性上。"(《梦游者》)我的原则是:在小说中用很少的比喻;但这些比喻必须是小说的最高点。

【边界】*FRONTIÈRE* "只需有一点儿风吹草动、一丁点儿的东西,我们就会落到边界的另一端,在那里,没有什么东西是有意义的:爱情、信念、信仰、历史,等等。人的生命的所有秘密就在于,一切都发生在离这条边界非常近甚至有直接接触的地方,它们之间的距离不是以公里计,而是以毫米计的。"(《笑忘录》)

【不存在】*NON-ÊTRE* "……温和的微蓝色的与不存在同名的死亡。"我们不能说:"微蓝色的与虚无同名的",因为虚无不是微蓝色的。这就是不存在跟虚无是两个完全不同的事物的证明。

【采访】INTERVIEW 一、采访者只向您提一些他所感兴趣的问题，而您对这些问题毫无兴趣；二、在您的回答中，他只采用他觉得合适的；三、他用他的语言、他的思维方式来阐释您的回答。在美国式新闻的影响下，他甚至不屑让您证实他让您说出的话是正确的。采访发表了。您安慰自己说：人们很快就会忘了的！根本不是：有人还会引用！甚至那些最谨慎的大学教授也不再将一个作家自己写的、署了名的词句与那些别人转述的他的话区别开来（这在历史上有先例：古斯塔夫·雅努赫的《与卡夫卡的谈话录》，完全是故弄玄虚，而对卡夫卡专家来说，却成了永不枯竭的引用源泉）。一九八五年六月，我坚定地下了决心：不再接受任何采访。除了一些对话，由我参与撰写，并附有我本人的版权标记，任何别人转述的我的话，从那一天起，都必须被看作是假的。

【沉思】MÉDITATION 小说家有三种基本可能性：讲述一个故事（菲尔丁），描写一个故事（福楼拜），思考一个故事（穆齐尔）。十九世纪的小说描写跟那个时代的精神（实证的、科学的）是和谐一致的。将一部小说建立在不间断的沉思之上，这在二十世纪是跟这个根本不再喜欢思考的时代的精神相违背的。

【重复】*RÉPÉTITIONS*　纳博科夫指出，在《安娜·卡列宁娜》的开头，在俄语原文中，"房子"这个词在六个句子中出现了八次，这一重复是作者故意使用的文学手段。然而，在法文译本中，"房子"这个词只出现了一次，在捷克文译本中也只有两次。在同一本书中，凡是托尔斯泰用了"说"（skazal）的地方，我看到在译本中用了"大声说"、"反驳说"、"又说"、"叫道"、"作出结论"，等等。译者都疯狂地热爱同义词。（我本人则反对同义词这个概念：每一个词都有它特有的含义，从语义上说，它是无法取代的。）帕斯卡说过："当在一段文字中出现了重复的字词，尝试着去修改却发觉它们是那么恰当，一旦改动，文字的意思就会改变，那就必须将它们留下，那是用词恰当的标志。"词汇丰富本身并非一种价值：在海明威那里，是对词汇的限用，在同一段落中对同一些词的使用，才使他的风格具有了韵律与美感。下面是法国最美的散文之一的第一段中细腻的、游戏般重复的例子："我当时热恋着伯爵夫人……我那时只有二十岁,非常天真;她欺骗了我,我生气了,她离开了我。我非常天真,我后悔了;我那时只有二十岁,她原谅了我;而因为我那时只有二十岁,我非常天真,我还是被欺骗了,但她不离开我了,我自以为是世界上最被人爱的情人,因此是男人中最幸福的人……"(维旺·德农,《明日不再来》)(见〖连祷文〗)

【大男子主义者(与蔑视女性者)】*MACHO*(*et misogyne*) 大男子主义者崇拜女性并希望能统治他所崇拜的。他歌颂被统治的女人原始的女性特征(她的母性,她的繁殖能力,她的脆弱,她的恋家,她的多愁善感,等等),其实是在歌颂他自身的雄性。相反,蔑视女性者害怕女性,他躲避那些过于女人的女人。大男子主义者的理想:家庭。蔑视女性者的理想:单身,有许多情妇;或者跟一个所爱的女人结婚而没有孩子。

【定义】*DÉFINITION* 小说思考性的一面是由几个抽象词组成的支架撑起来的。假如我并不想含糊其词,不想让大家以为什么都理解了而其实什么也没有理解,那我就不光要以极大的精确性去选择这些词，而且还必须去定义、再定义。（见〖命运〗、〖边界〗、〖青春〗、〖轻〗、〖抒情性〗、〖背叛〗）在我看来，一部小说经常只是对几个难以把握的定义进行长久的探寻。

【讽刺】IRONIE　谁对，谁错？爱玛·包法利是令人无法忍受，还是勇敢而令人感动？那么维特呢？是敏感而高贵，还是一个好斗的多愁善感之人，只爱他自己？越认真地读小说，就越不可能有答案，因为从定义上来讲，小说就是讽刺的艺术：它的"真理"是隐藏起来、不说出来的，而且不可以说出来的。"你一定要记住，拉祖莫夫，女人、孩子和革命家都憎恨讽刺，因为讽刺是对一切慷慨的本能、一切信仰、一切忠诚、一切行动的否定！"约瑟夫·康拉德[1]在《在西方的目光下》中让一位俄国女革命家如是说。讽刺让人难受。并非因为它在嘲笑，或者它在攻击，而是因为它通过揭示世界的暧昧性而使我们失去确信。列奥纳多·夏侠[2]说过："再没有比讽刺更难理解、更难解释的东西了。"要想

---

[1]　Joseph Conrad（1857—1927），英国小说家。
[2]　Leonardo Sciascia（1921—1989），意大利小说家。

通过风格的做作而使一部小说变得"难懂"是无用的，每一部配得上称为小说的作品，哪怕再清晰，也会因它那与之共存的讽刺而变得足够的难懂。

【改写】REWRITING 采访，对话，谈话录。改编，改编成电影或电视。改写是这个时代的精神。终有一天，过去的文化会完全被人改写，完全在它的改写之下被人遗忘。

【格言】APHORISME 源于希腊语 *aphorismos*，意思是"定义"。格言：定义的诗性形式。（见〖定义〗）

【孩子掌权】INFANTOCRATIE "一个骑摩托车的人冲向空无一人的街道，手臂与腿呈 O 形，然后又在轰隆声中沿着笔直的大道骑了上来；他的脸上流露出一个孩子一面嚎叫、一面认为他的嚎叫是天底下最重要的事情的严肃神情。"（穆齐尔《没有个性的人》）一个孩子的严肃神情：这就是科技时代的面孔。孩子掌权意味着：将儿童时代的理想强加于人类。

【家园】CHEZ-SOI 捷克语为 *domov*，德语是 *das Heim*，英语是 *home*，意即：有我的根的地方，我所属的地方。家园的大小仅仅通过心灵的选择来决定：可以是一间房间、一处风景、一个国家、整个宇宙。在德国古典哲学中，家园指的是古希腊世界。捷克国歌以下面的诗句开始："我的 *domov* 在哪里？"法语是这样翻译的："我的祖国在哪里？"可祖国是另外一回事：祖国是 *domov* 政治的、国家的说法。祖国是个自豪的词，*das Heim* 是个感情的词。在祖国与家（我具体的屋舍）之间，法语（法语的感性）有着一个空白。要想填补这一空白，除非是赋予"家园"这个词一个伟大的词沉甸甸的重量。（见〖连祷文〗）

【价值】*VALEUR* 六十年代的结构主义将价值问题搁在了一边。然而，结构主义美学的奠基人说："只有假设存在一种客观的美学价值，才能给予艺术的历史演变一个意义。"（扬·穆卡若夫斯基《作为社会事实的功能、规范与美学价值》，布拉格，一九三四年）探询一种美学价值意味着：试图限定、命名一部作品对人类世界进行的发现、革新和给它带来的新观点。只有被承认具有价值的作品（其新颖性被把握、被命名的作品）才可以成为"艺术的历史演变"的一部分。这一演变并非事实的一种简单延续，而是对价值的一种探寻。假如我们撇开价值问题，只满足于一部作品（一个历史时期，一种文化，等等）中的某个描写（主题的，社会学的，形式主义的），假如我们在所有的文化与所有的文化活动之间都划上等号（巴赫与摇滚乐，连环画与普鲁斯特），假如艺术批评（对价值的思考）再也找不到可以表达的地方，那么"艺术的历史演变"将失去它明确的意义，将会崩溃，将成为作品庞大而荒诞的堆积。

【捷克斯洛伐克】*TCHÉCOSLOVAQUIE* 虽然我小说的情节一般发生在捷克斯洛伐克，但我从来不用这个词。这个复合词太年轻了（出现于一九一八年），在时间上没有根基，没有美感，而且它暴露出所指的事物经过组合、过于年轻（没有经受时间考验）的一面。说实在的，即使在这样一个不牢固的词上可以建立起一个国家，建立起一部小说也是不可能的。所以，为了指出我的那些人物所生活的国家，我总是用古老的波希米亚一词。从政治地理学角度来看，这并不确切（我的译者经常拒绝使用），但从诗性角度来看，这是唯一可能的叫法。

【节奏】*RYTHME*　我很怕听到自己心脏跳动的声音，它不断地提醒我生命的时间是有限的。这也是为什么我总觉得在乐谱上标出的那些节拍线有些恐怖。可是，最伟大的节奏大师都成功地让人不去注意这一单调的、可预知的规律性。最伟大的复调音乐家：以对位的、水平的构思，减弱节拍的重要性。贝多芬：在他最后一个时期，我们几乎听不到节拍，尤其是在缓慢的乐章中，节奏非常复杂。我对奥利维埃·梅西昂[①]非常钦佩：他用附加或减掉一些小的节奏时值的手法，发明了一种不可预知的、无法计算的时间结构。一般人认为：欲想体现节奏的精髓，就要大肆强调规律性。这是错误的。摇滚乐那原始的节奏使人极为难受：人的心跳被加速，让人一秒钟也无法忘记他正走向死亡。

【精英主义】*ÉLITISME*　"精英主义"这个词在法国到一九六七年才出现，"精英主义者"（*élitiste*）这个词在一九六八年才出现。第一次在历史上，语言本身在"精英"（*élite*）概念上笼罩了一种否

[①] Olivier Messiaen（1902—1992），法国作曲家。

定的甚至蔑视的色彩。

共产主义国家的官方宣传也在同时期开始反对精英主义与精英主义者。它使用这两个词，针对的不是企业家、著名的运动员或者政治家，而仅仅是文化精英：哲学家、作家、教授、历史学家、电影界人士和戏剧界人士。

这一同步现象令人惊讶。它让人联想到，在整个欧洲，文化精英正在向别的精英让出自己的位置。在那边是让给警察机器的精英，在这边是让给大众媒体的精英。这些新的精英，没有人会指控他们是"精英主义"。所以，这个词不久之后就将被人遗忘。（见〖欧洲〗）

【老年人】*VIEILLESSE* "老学者在观察这群喧闹的年轻人，他突然明白在这大厅之中他是唯一拥有自由的人，因为他已经上了年纪；只有当一个人上了年纪，他才可能对身边的人，对公众，对未来无所顾忌。他只和即将来临的死神朝夕相伴，而死神既没有眼睛也没有耳朵，他用不着讨好死神；他可以说他喜欢说的东西，做他喜欢做的事情。"（《生活在别处》）这样的老年人的例子有：

伦勃朗与毕加索；布鲁克纳[①]与雅纳切克；创作《赋格的艺术》的巴赫。

【连祷文】*LITANIE* 重复：音乐作曲的原则。连祷文：变成音乐的话语。我希望小说在它思考性的段落，能够时不时转化为吟唱。下面就是在《玩笑》中为"家园"这个词而创作的一段连祷文似的文字：

"……我觉得在这些歌中存在着我的出路，我最初的印记，我背叛了的家园，而正因我背叛了，更是我的家园（因为最揪心的痛苦表达是从被背叛的家园中生出的）；但我同时明白，这一家园不属于这个世界（可那是怎样的家园，假如它都不属于这个世界？），我们所吟唱的只不过是一个回忆，一个纪念碑，是对已不存在的东西在想象中的保存，我感到这一家园的地面在我的脚下塌陷，而我嘴上叼着口琴，滑入一年复一年、一个世纪接一个世纪的深渊中，滑入一个无底的深渊中，于是我惊诧地对自己说，

[①] Anton Bruckner（1824—1896），奥地利作曲家。

我唯一的家园就是这一下坠、这一下沉,这一饱含探寻、贪婪的下坠、下沉,我完全委身于它,委身于眩晕的快感。"

在法文的最初译本中,所有的重复都被一些同义词取代了:

"……我觉得在这些歌词中,我就像在我家中,我来自这些歌词,这些歌词的全部就是我最初的标记,我的家,由于我的背叛,尤其属于我(因为最揪心的痛苦表达是从我们不再配获得的窝中生出的);确实,我隐隐感到它不属于这个世界(那它还是一个存身之处吗,假如它并不处于这个世界上?),我们的吟唱与我们的旋律,除了我们的回忆、我们的纪念碑和一个不再存在的美妙现实的图像残余之外,再无别的实体,我感到在我的脚下塌陷着这个家的地基,我感到,嘴上叼着口琴,我滑入一年复一年、一个世纪接一个世纪的深洞中,滑入一个无底的深渊中,于是我惊讶地对自己说,这一下坠是我唯一的寄托,这一饱含探寻、贪婪的下坠,于是我就这样任我下坠,完全沉浸到眩晕的快感之中。"

同义词不光摧毁了文章的旋律,而且摧毁了意义的清晰性。(见〖重复〗)

【流畅】COULER 在一封信中，肖邦描绘了他在英国的生活。他在沙龙中演奏，那些贵妇人总是用同样一句话来表达她们的欣喜："啊，多美啊！像水一般流畅！"肖邦非常恼火，就像我听到人们用同样一句话来赞扬一个译本："这非常流畅。"或者还有："就好像是一位法国作家写的。"可要是海明威读起来像一位法国作家，那就糟了！他的风格在一位法国作家那里是不可想象的！我的意大利出版商罗伯托·卡拉索说：确定一个好译本，不是看它是否流畅，而是看译者是否有勇气保存并捍卫所有那些奇特而独创的语句。

【帽子】CHAPEAU 具有魔力的物品。我还记得一个梦：一名十岁的男孩在一个池塘边，头上戴着一顶黑色大帽子。他跃入水中。人们把他拉出来时，他已淹死。他头上还是戴着那顶黑色帽子。

【美（与知识）】BEAUTÉ（*et connaissance*） 那些跟布洛赫一样说知识是小说的唯一道德的人都被"知识"一词的金属光环欺骗了，因为这个词跟科学的联系太紧了。所以应当加上：小说所发现的存在的所有方面，它都是作为美去发现的。最早的小说家发现了冒险。正是多亏了他们，冒险才让我们觉得美，才让我们渴望冒险。卡夫卡描写了悲剧性地掉入陷阱的人的处境。以前，卡夫卡专家对这位作者到底有没有给我们希望争论不休。没有，没有希望。但给了别的东西。即使是这一无法生活的处境，卡夫卡也是把它作为一种神奇的、黑色的美而发现的。美是当人不再有希望的时候最后可能得到的胜利。艺术中的美就是从未被人说过的东西突然闪耀出的光芒。这一照亮伟大小说的光芒，时间是无法使它黯淡的，因为，人类的存在总是被人遗忘，小说家的发现，不管多么古老，永远也不会停止使我们感到震撼。

【媚俗】*KITSCH* 写《不能承受的生命之轻》时，我有些担心将"媚俗"一词变成了该书的一个关键词。事实上，就在近期，这个词在法国差不多还是陌生的，或者以非常贫乏的意义而为人所知。在赫尔曼·布洛赫那篇著名随笔的法文版中，"媚俗"一词被译成"蹩脚的艺术"（*art de pacotille*）。这是一个误译，因为布洛赫证明"媚俗"并非仅仅是一部品味差的作品。有媚俗的态度。媚俗的行为。媚俗者（*kitschmensch*）的媚俗需求，就是在美化的谎言之镜中照自己，并带着一种激动的满足感从镜中认出自己。对布洛赫来说，在历史上，"媚俗"是跟十九世纪多愁善感的浪漫主义联系在一起的。由于十九世纪德国与中欧的浪漫主义远甚于别的地方（现实主义远不及别的地方），所以媚俗在那里疯狂地扩展。正是在那里，"媚俗"一词诞生了，它在那里还在不断被人使用。在布拉格，我们认为媚俗是艺术的主要敌人。在法国不是这样。在这里，与真正的艺术相对的是娱乐。跟伟大的艺术相对的是轻浮的艺术，二流的艺术。可对我来说，我从来没有觉得阿加莎·克里斯蒂的侦探小说让我厌烦！相反，柴可夫斯基，拉赫玛尼诺夫[1]，霍洛维茨[2]演奏的钢琴，好莱坞大片：《克莱默夫妇》《日瓦戈医生》(啊，可怜的帕斯捷尔纳克[3]！)，都是我深深地、真心地厌恶的。而且我越来越被一些在形式上力求现代主义的作品中出现的媚俗精神惹恼。（我还要加上一句：尼采对维克多·雨果那些"漂

---

[1] Sergei Rachmaninov（1873—1943），俄国作曲家。
[2] Vladimir Horowitz（1903—1989），俄国钢琴家。
[3] Boris Pasternak（1890—1960），俄国作家。

亮的词语"以及"炫耀的华丽大衣"的反感,正是在媚俗这个词尚未产生时对该类现象的厌恶)。

【蔑视女性的人】*MISOGYNE* 我们当中的每一个人在最初生下来的时候,都要面对一个母亲和一个父亲,即一个女性和一个男性,因而带上跟这两个原型中的每一个之间和谐或不和谐关系的印记。蔑视女性的人不光在男人中有,而且在女人中也有,蔑视女性的人跟蔑视男性的人(即那些跟男性原型关系不和谐的男女)一样多。这些态度是人在其生存状况中不同的、又完全是合法的可能性。女权主义者的善恶二分法从来没有提出过蔑视男性的问题,并把蔑视女性看作仅仅是侮辱。这样人们就避开了这个概念的心理内容,而正是这心理内容才是有意义的。

【蔑视艺术的人】*MISOMUSE* 缺乏艺术细胞并不可怕。一个人完全可以不读普鲁斯特,不听舒伯特,而生活得很平和。但一个蔑视艺术的人不可能平和地生活。他因有一种超越于他的东西存在而感到受辱,于是他恨这种东西。存在着一种大众的蔑视艺术现象,正如存在一种大众的反犹太人心理。法西斯制度利用了它,来反对现代艺术。但也存在一种知识分子的、斯文的蔑视艺术现象：它报复艺术，使之服从于一个位于美学之上的目的。"介入"艺术的教理就是将艺术视为一种政治的手段。有些理论家，对他们来说，一件艺术作品只是进行某种方法论（心理分析、符号学、社会学，等等）练习的借口。民主体制下的蔑视艺术现象：市场成了美学价值的最高评判者。

【命运】*DESTIN* 有那么一刻，我们生活的形象开始跟生活本身分开，变成独立的，而且渐渐开始主宰我们。在《玩笑》中就已经是这样："……不存在能修正我这个人形象的任何手段，因为我的形象是存放在人类命运的一个最高法院之中的；我明白这一形象（尽管它与现实如何不符）要比我本人真实得多；我明白这一形象根本不是我的影子，而我才是我形象的影子；我明白根本不可能指责这一形象跟我不相似，而我本人才是这种不相似的罪魁祸首……"

而在《笑忘录》中："命运连抬起小手指为米雷克（为他的幸福，他的安全，他的心境和他的健康）做点什么的意图都没有，而米雷克却为了他的命运（为了它的伟大、它的澄明、它的美丽、它的风格和它的寓意）甘愿赴汤蹈火。他觉得他对自己的命运负有责任，而他的命运却不觉得对他负有责任。"

跟米雷克相反，《生活在别处》中那位四十来岁的享乐主义人物则坚持他"非命运的田园牧歌"（见〖田园牧歌〗）。实际上，一个享乐主义者拒绝将他的生活变为命运。命运吸干我们的血，压在我们身上，它就像是系在我们脚踝上的铁球（顺便说一句，这位四十来岁的男人在我所有的人物中是最接近我本人的一个）。

【欧洲】*EUROPE* 在中世纪，欧洲的统一建立在共同的宗教之上。在现代，宗教让位于文化（艺术，文学，哲学），文化成为最高价值的实现。欧洲人就通过这些最高价值而互相认识，互相定义，互相认同。今天，文化也让位了，但让位给什么，让位给谁呢？能够统一欧洲的最高价值将在什么领域得以实现？科技成果？市场？带有民主理想、带着宽容原则的政治？可这一宽容如果不再保护任何一种丰富的创造、任何一种有力的思想，那它不是变得空洞而无用？或者我们可以把文化的退出看作是一种解放，应当带着高兴去接受这一事实？我不知道。我只知道文化已经让位。就这样，欧洲统一体的形象已经远逝而成为过去。欧洲人：怀念欧洲的人。

【轻】LÉGÈRETÉ　不能承受的生命之轻，我在《玩笑》中就已经找到了："走在布满灰尘的马路上，我感到空虚的沉重的轻，压在我的生命之上。"

还有，在《生活在别处》中："雅罗米尔有时会做一些可怕的梦：他梦到自己必须抬起一件非常轻的物体，一个茶杯、一把匙子、一根羽毛，可他做不到，物体越轻，他就越虚弱，他被压在了物体的轻之下。"

还有，在《告别圆舞曲》中："拉斯科尔尼科夫像经历一场悲剧似的经历了他的罪孽，他最终被自己行为的重负压垮。而雅库布惊讶自己的行为竟然那么轻，几乎没什么分量，根本不能压倒他。他不禁反诘，在这种轻之中，是不是有跟那个俄国主人公的歇斯底里情感同样可怖的东西。"

还有《笑忘录》："胃中的空囊，正是不能容忍的重量的缺失。

正像一个极端可以随时转化成另一个极端，到达了极点的轻变成了可怕的轻之重，塔米娜知道她一秒钟也不能再忍受了。"

只是在重读我所有书的译本时，我才惊呆了，原来我重复了那么多次！然后我就安慰自己：所有的小说家也许都只是用各种变奏写一种主题（第一部小说）。

【青春】*JEUNESSE* "一阵对我自己的愤怒淹没了我，对我当时的年龄的愤怒，对愚蠢的抒情时代的愤怒……"(《玩笑》)

【缺乏经验】*INEXPÉRIENCE* 最早为《不能承受的生命之轻》所构思的题目是《缺乏经验的世界》。我把缺乏经验看作是人类生存处境的性质之一。人生下来就这么一次，人永远无法带着前世生活的经验重新开始另一种生活。人走出儿童时代时，不知青年时代是什么样子，结婚时不知结了婚是什么样子，甚至步入老年时，也还不知道往哪里走：老人是对老年一无所知的孩子。从这个意义上说，人的大地是缺乏经验的世界。

【生活（大写的生活）】*VIE* 保罗·艾吕雅在他的超现实主义抨击文章《一具尸体》(一九二四年)中，斥责阿纳托尔·法朗士的遗体:"跟你一样的人,尸体啊,我们不喜欢他们……"等等,等等。比这在一位伟大的小说家骨未寒的棺材上踹上一脚的残酷行为更有意思的,在我看来,是下面紧接着说出的理由:"我一想到生活,眼中就充满了泪水。生活今天已只存在于一些仅靠温情支撑着的琐碎的小事中。怀疑主义、讽刺、懦弱,法兰西啊,这就是法兰西的精神?一股巨大的遗忘的力量将我拉得远离这一切。也许我从未读到过、看到过任何使生活的荣誉蒙羞的东西?"

跟怀疑主义与讽刺针锋相对,艾吕雅在这段充满修辞效果而空洞的话中提出了:琐碎的小事,眼中的泪水,温情,生活的荣誉,对,大写的生活的荣誉!原来在这一冠冕堂皇的反保守主义行为的背后,隐藏着最淡然无味的媚俗精神。

【书】*LIVRE* 我至少一千次在不同的广播或电视节目上听到有人说:"就像我在我的书中所说……"说话的人把"书"(*li-vre*)这个音节拉得很长,而且至少比前面的那个音节高出一个八度:

当同一个人说"……在我的城市就是这么用的"时,在"我的"(*ma*)与"城市"(*ville*)两个音节之间,则连四分之一拍也不到:

一说到"我的书",就坐上了自我陶醉的语音升降机。(见〖写作癖〗)

【抒情的】*LYRIQUE*　在《不能承受的生命之轻》中,谈到了两种追逐女性者:抒情的追逐女性者(他们在每个女人身上寻找他们自己的理想)以及史诗的追逐女性者(他们在女人身上寻找女性世界无穷的多样性)。这一点跟传统上对"抒情的"与"史诗的"(以及"戏剧的")进行的区分相符,这一区分只是到了十八世纪末才在德国出现,并在黑格尔的《美学》中得到淋漓尽致的发挥:

抒情是坦诚相见的主观性的表达；史诗源自意欲把握世界的客观性的激情。抒情与史诗对我来说超越了美学领域，它们代表了人面对自己、面对世界、面对别人的两种可能的态度（抒情时代＝青春时代）。可惜的是，法国人对这一抒情与史诗的观念是那么陌生，使我不得不接受，在法文版本中，抒情的追逐女性者成了浪漫的色鬼，而史诗的追逐女性者成了放荡的色鬼。这是最佳的处理方法，可还是让我觉得有些悲哀。

【抒情性（与革命）】LYRISME（et révolution）"抒情就是一种沉醉，人总是为了更好地和这个世界搅和在一起而沉醉。革命不需要研究和观察，它需要我们和它结为一体；正是这个意义上它是抒情的，并且必须是抒情的。"(《生活在别处》)"把男男女女关在牢里的墙上涂满诗句，在这墙的前面，人们在跳舞。不，不是死神舞。在这里，是纯真在跳舞！纯真带着它滴血的微笑。"(《生活在别处》)

【思考】RÉFLEXION 最不容易翻译的，不是对话、描写，而是思考性的段落。必须保证它们绝对的准确性（每一个语义上的不忠都会使思考变成是错误的），但同时要保持它们的美。思考的美体现在思考的诗性形式上。据我所知，存在着三种这样的形式：一、格言式；二、连祷文式；三、比喻式。（见〖格言〗、〖连祷文〗、〖比喻〗）

【思想】IDÉES 我对那些将一部作品简化为它的思想的人深感厌恶。我最怕被引入到所谓的"思想辩论"中。我对这个被铺天盖地的思想掩盖、而对作品本身漠然的时代感到绝望。

【苏维埃的】SOVIÉTIQUE 我不用这个形容词。苏维埃社会主义共和国联盟：这是"四个词，四个谎言"（卡斯托利亚迪斯[①]语）。苏维埃人民：这是一个语词的屏风，屏风后，所有被俄罗斯帝国同化的民族都必须被遗忘。"苏维埃的"这个词不光适合于共产主义的大俄罗斯那种具有侵犯性的民族主义，也适合于俄国那些持不同政见者的民族自豪感。它使那些人相信，通过一个魔咒般的契约，俄罗斯（真正的俄罗斯）并不存在于被称为苏维埃的国家之中，而是作为一种丝毫未损的、未受任何玷污的实质永存，没

---

① Cornelius Castoriadis（1922—1997），法国社会批评家。

有受到任何指责。德意志意识在纳粹时代之后受了创伤，带上了负罪感；托马斯·曼就对德意志精神进行了残酷的责难。波兰文化的成熟就是在贡布罗维奇快乐地批判"波兰性"的时候。无法想象俄国人批判"俄国性"，因为那是不受玷污的实质。俄国人中没有出一个贡布罗维奇，也没有出一个托马斯·曼。

【田园牧歌】IDYLLE 这个词在法国很少使用，但对黑格尔、歌德、席勒来说却是一个重要的概念，指第一个冲突出现之前世界的状态；或者是冲突之外世界的状态；或者冲突只是误会，即假的冲突。"虽然他的爱情生活极为多变，这位四十来岁的男人本质上是个田园牧歌式的人……"(《生活在别处》)将艳遇与田园牧歌调和的愿望，就是享乐主义的本质——而且正因为此，享乐主义理想是人所无法达到的。

【透明】TRANSPARENCE 在政治与媒体的语言中，这个词意味着：面对公众的目光，揭示个体的生活。这让我想到安德烈·布勒东以及他那生活在众目睽睽之下玻璃屋中的愿望。玻璃屋：一个古老的乌托邦，同时又是现代生活最可怕的方面之一。存在着这样一个定律：国家的事务越是不清不楚，个人的事情就越必须透明；官僚主义尽管代表的是公事，但它是匿名的、秘密的、有密码的，是无法让人理解的，而私人则必须显示他的健康情况、经济情况、家庭状况。而且，假如大众媒体判决、决定的话，他就再也得不到一刻的隐私，不管是在爱情中，在疾病中，还是在死亡中。打破别人隐私的欲望是侵犯性的一种古老形式，今天，这一形式已经机构化（官僚主义体制以及它的那些卡片；媒体以及它的那些记者），在道德上合法化（获得资讯的权利成了人的第一权利），并被诗性化了（通过一个美丽的词：透明）。

【微蓝色的】*BLEUTÉ* 没有任何一种色彩能在语言中带有如此的温柔。这是一个诺瓦利斯式的词。"这是泛着温和的微蓝色的与不存在同名的死亡。"(《笑忘录》)

【喜剧性】*COMIQUE* 悲剧在向我们展示人类伟大的美妙幻景的时候，为我们带来了一种安慰。喜剧更残酷：它粗暴地向我们揭示一切的无意义。我猜想人类的一切事物都有它们喜剧性的一面，这一面在某些情况下，是被人认识、接受、表现了的，而在另一些情况下，是被隐藏起来的。真正的喜剧天才并非那些让我们笑得最厉害的人，而是那些揭示出喜剧不为人知的区域的人。历史一直被看作是完全严肃的领域。其实，历史也有它不为人知的喜剧性的一面。正如性欲也有它喜剧性的一面一样（而这一点人们很难接受）。

【下流】*OBSCÉNITÉ*　在一门外语中使用下流的词，并不觉得它下流。带着一定的外国口音说下流的词，就会变得好笑。很难对一个外国女人下流。下流：把我们维系在祖国身上的最深的根。

【现代】*TEMPS MODERNES*　现代的到来，是欧洲历史上的关键时刻。上帝成了隐匿的上帝，人成了一切的基础。欧洲的个人主义诞生了，并随之产生了艺术、文化与科学的新局面。我在把这个词翻译到美国时遇到了一些困难。假如翻成 *modern times*，美国人就会理解成：当代，我们这个世纪。美国对现代概念的无知显示出两个大陆之间的整条裂缝。在欧洲，我们正在经历现代的终结、个人主义的终结，以及作为一种不可取代的个人独创性表现的艺术的终结。这种终结预示着一个前所未有的单一性时代就要到来。这种终结感,美国是感觉不到的,因为它并没有经历现代的诞生,它只是现代的后到的继承者,它所了解的开端与终结的标准是不同的。

【现代(成为现代人)】MODERNE (être moderne) "共产主义这颗星是新的、崭新的、全新的,在它之外,没有现代性。"一九二〇年前后,伟大的捷克先锋小说家伏拉迪斯拉夫·万楚拉这样写道。他们整整一代人都争先恐后地加入了捷共,以免错过成为现代人之机。捷共的历史衰败自从它处处处于"现代性之外"起就已经注定了。因为正如兰波命令的那样,"必须绝对现代"。成为现代人的欲望是一种原型,也就是一种非理性的命令,深深地扎根于我们内心深处,它是一种坚决的形式,其内容则是不断变化、无法确定的:自称现代并被接受为现代人的人,就是现代的。《费尔迪杜尔克》中的勒伊娜大妈向人展示的"现代性"标志之一就是"大摇大摆、无所谓地走向厕所的样子,而以前人家都是偷偷摸摸去的"。贡布罗维奇的《费尔迪杜尔克》是对现代原型最精彩的揭示。

【现代（现代艺术；现代世界）】MODERNE（art moderne; monde moderne） 有一种现代艺术，带着抒情的极乐性，跟现代世界认同。阿波利奈尔是代表。是对科技的赞颂，对未来的痴迷。跟他一起或在他之后有：马雅可夫斯基，莱热，未来主义者，各种先锋艺术家。但跟阿波利奈尔相对立的有卡夫卡。卡夫卡的现代世界成了人迷失其中的迷宫。一种反抒情的、反浪漫主义的、怀疑论的、批评性的现代主义。跟卡夫卡一起以及在卡夫卡之后有：穆齐尔、布洛赫、贡布罗维奇、贝克特、尤奈斯库、费里尼……随着人们不断地冲向未来，反现代的现代主义遗产越来越显现其伟大性。

【想象】IMAGINATION 人们问我，您想通过塔米娜在孩子岛发生的故事说明什么？这个故事起先是一个使我着迷的梦，然后我在醒着的时候又对它进行幻想，后来在写下它的时候又将它扩展、深化。它的意义？真要说的话，就是对一种孩子掌权的未来的梦幻式意象（见〖孩子掌权〗）。然而这一意义并没有先于梦，是梦先于这一意义。所以在读这段叙述时，要任凭想象的驰骋。特别

182

是不要把它当作一个需要破解的谜。正是因为那些卡夫卡专家想尽办法要解释卡夫卡，才扼杀了卡夫卡。

【小说】ROMAN 散文的伟大形式，作者通过一些实验性的自我（人物）透彻地审视存在的某些主题。

【小说（欧洲的）】ROMAN (européen) 我所说的欧洲的小说，于现代的黎明时期在欧洲南部形成，本身就代表了一个历史整体，到后来，它的空间超越了欧洲地域（尤其是到南、北美洲）。由于它的形式丰富，由于它的发展具有令人眩晕的集中强度，由于它的社会作用，欧洲小说（跟欧洲音乐一样）在任何别的文明中都没有可以与之相比的。

【小说（与诗）】ROMAN (et poésie) 一八五七年：该世纪最伟大的一年。《恶之花》：抒情诗发现了它自身的领地，它的本质。《包法利夫人》：一部小说第一次做好准备，去接受诗的最高苛求（"超越一切之上寻找美"的意图；每个特殊字词的重要性；文字强烈的韵律；适用于每一个细节的独创性要求）。从一八五七年起，小说的历史就是变成了诗的小说的历史。但接受诗的苛求根本不是指将小说抒情化（放弃它本身具有的讽刺，不理睬外部世界，将小说变成个人的坦白，使它带上许多装饰）。最伟大的变成了诗人的小说家都强烈地反抒情：福楼拜、乔伊斯、卡夫卡、贡布罗维奇。小说：反抒情的诗。

【小说家（与他的生活）】ROMANCIER (et sa vie) "艺术家应该设法让后人相信他不曾活在世上。"福楼拜说。莫泊桑不让自己的肖像出现在一系列著名作家的肖像中："一个人的私生活与他的脸不属于公众。"赫尔曼·布洛赫在谈到他自己、穆齐尔和卡夫卡时说："我们三个，没有一个人有什么真正的生平。"这并不是说在他们的生活中乏事可陈，而是说他们的生活不是要被区别开来，不是要公众化，成为供人书写的生平。有人问卡雷尔·恰佩克[①]为什么不写诗。他的回答是："因为我厌恶说自己。"一个真正的小说家的特征：不喜欢谈自己。纳博科夫说过："我厌恶去打听那些伟大作家的珍贵生活，永远没有一个传记作者可以揭起我

[①] Karel Capek（1890—1938），捷克小说家。

私生活的一角。"伊塔洛·卡尔维诺事先告诉人家：他向任何人都不会说一句关于他自己生活的真话。福克纳希望"成为被历史取消、删除的人，在历史上不留任何痕迹，除了印出的书"。（需要强调的是：是印出的书，所以不是什么没有完成的手稿，不是信件，不是日记。）照一个著名比喻的说法，小说家毁掉他生活的房子，然后用拆下的砖头建起另一座房子：他小说的房子。所以一个小说家的传记作者是将小说家建立起来的重新拆除，重新建立小说家已经拆除的。传记作者的工作从艺术角度来说纯粹是消极的，既不能阐明一部小说的价值，也不能阐明它的意义。一旦卡夫卡本人开始比约瑟夫·K吸引更多的关注，那么，卡夫卡去世后再一次死亡的过程就开始了。

【小说家（与作家）】 ROMANCIER (et écrivain) 我重读了萨特短小的论文《什么是写作？》。他没有一次用小说、小说家这些词。他只提到散文作家。这一区分是正确的：

作家有独特的想法与不可模仿的声音。他可以采用（包括小说在内的）任何一种文学形式，而且由于他写的一切都带有他思想、他声音的印记,所以都属于他作品的一部分。卢梭、歌德、夏多布里昂、纪德、加缪、马尔罗。

小说家对自己的想法并不太在乎。他是一个发现者,他在摸索中试图揭示存在的不为人知的一面。他并不迷恋自己的声音,而是关注他所追求的一种形式,只有那些符合他梦想的苛求的形式才属于他的作品。菲尔丁、斯特恩、福楼拜、普鲁斯特、福克纳、塞利纳。

作家位于他的时代、他的民族以及思想史的精神地图上。

能够把握一部小说价值的唯一背景就是小说史的背景。小说家无须向任何人汇报,除了向塞万提斯。

【笑(欧洲的)】 *RIRE (européen)* 对拉伯雷来说,快乐与喜剧还是同一回事。在十八世纪,斯特恩与狄德罗的幽默是对拉伯雷式快乐的一种温柔而怀旧的回忆。到了十九世纪,果戈理已是一个忧郁的幽默家。"假如我们长时间地、专注地看一个好笑的故事,它会变得越来越悲哀,"他说。欧洲看它自己的存在的好笑历史看得太久了,所以到了二十世纪,拉伯雷式的快乐史诗变成了尤奈斯库的绝望喜剧。尤奈斯库说:"能将可怕与喜剧分开来的东西是很少的。"欧洲的笑的历史已接近它的尾声。

【写作癖】GRAPHOMANIE 并非"写信、写日记、写家族编年史的欲望（也就是说为自己或者为自己的亲友而写），而是写书（也就是谈拥有不知名的读者大众）"(《笑忘录》)的癖好。并非创造一种形式的癖好，而是要将自我强加于别人的癖好。这是权力意志最可笑的体现。

【兴奋】EXCITATION 不是乐趣、享乐、感情或激情。兴奋是色情的基础，是它最深的谜，是它的关键词。

【遗忘】OUBLI "人与政权的斗争，就是记忆与遗忘的斗争。"这句话在《笑忘录》中由一个人物米雷克说出，常常被人们引用，作为该小说所传递的信息。那是因为读者首先在小说中认出"已经见过的东西"。这"已经见过的东西"就是奥威尔的著名主题：一种极权制度强制人们遗忘。但我认为关于米雷克的叙述的独创之处完全在别处。这位使出浑身解数捍卫自己、使人不遗忘他（他和他的朋友以及他们的政治斗争）的米雷克同时行不可为之事去让人忘掉另一个人（令他感到羞耻的以前的情妇）。遗忘的意愿在成为一个政治问题之前，首先是一个存在问题：很久以来，人们就感到需要重写自己的生平，改变过去，抹去痕迹，不管是自己的还是别人的。遗忘的意愿远非一个简单的想欺骗的企图。萨比娜（《不能承受的生命之轻》）没有任何理由去隐藏任何事，然而她受到让人忘记她的非理性欲望的推动。遗忘：既是彻底的不公平，又是彻底的安慰。

【遗嘱】*TESTAMENT* 我所写的（以及我将要写的），不管在世界上任何地方，以任何形式，都只能出版和再版伽里玛出版社最近期的目录里提到的书。而且不能出加评注的版本。不允许有任何改编。（见〖作品〗、〖作品编号〗、〖改写〗）（一九九五年《小说的艺术》再版时增补）

【与敌合作者】*COLLABO* 总是在更新的历史处境将人恒久的可能性揭示出来，并使我们可以去命名它们。就这样，"合作"一词在反对纳粹的战争中获得了一个新的意义，成了"与敌合作"，即自愿为一个丑陋的权力服务。这可是个根本性的概念！为什么人类直到一九四四年前可以没有这么一个概念？这个词一旦被找到后，人们越来越意识到人的行为有着与敌合作的特点。所有那些鼓吹大众媒体的喧哗、广告的愚蠢微笑、对大自然的遗弃、将泄密上升为品德的人，都应当把他们称之为：现代的与敌合作者。

【制服（统一的形式）】UNIFORME（*uni-forme*）"既然现实处于可用规划来表现的计量的统一性上，那么人也必须进入统一性，假如他想跟现实保持接触的话。今天，一个没有统一形式的人已经会给人不现实的感觉，就像是一个外来的身体来到了我们的世界中。"（海德格尔《超越形而上学》）土地测量员 K 不是在寻找一种博爱，而是在绝望地寻找一种统一的形式。没有这统一的形式，没有一件职员的制服，他就没有"跟现实的接触"，就会给人"不现实的感觉"。卡夫卡是第一个（在海德格尔之前）把握住这一处境变换的人：昨天，人们还能够在多元形式中，在对制服的逃避中，看到一种理想、一个机会、一种胜利；明天，没有了制服将代表一种绝对的不幸，一种被摒弃于人类之外的处境。自卡夫卡以来，依靠计量、规划生活的大型机器，世界的

"制服化"进程大大地向前迈进了。但当一种现象变得普遍、日常、无处不在时，人们就再也无法识别它了。飘飘然地陶醉于他们形式统一化的生活中，人们再也看不到自己身上穿着的统一的制服。

【中欧】*EUROPE CENTRALE* 十七世纪：巴罗克的巨大力量使这个边界不断变动、无法确定的多民族从而也是多中心的地区具有了一种文化的整体性。巴罗克天主教迟到的阴影一直延伸到十八世纪：既没有出一个伏尔泰，也没有出一个菲尔丁。在众多艺术的等级关系中，音乐占据首位。从海顿[①]起（直到勋伯格和巴托克[②]），欧洲音乐的重心就在此地。十九世纪：出了几个伟大的诗人，但没有出一个福楼拜；毕德麦耶尔派[③]的精神：罩到现实上的田园牧歌的面纱。二十世纪则是反抗。最伟大的思想家（弗洛伊德，小说家）使在前几个世纪中不为人知的东西重新获得价值：

---

① Franz Haydn（1732—1809），奥地利作曲家。
② Béla Bartók（1881—1945），匈牙利作曲家。
③ Biedermeier，一种表现资产阶级庸俗生活的艺术流派。

揭示真相的清醒的理性；现实感；小说。他们的反抗正好与法国现代主义反理性、反现实、抒情的反抗相反（这一点后来引出了许多误会）。中欧的一大批伟大的小说家：卡夫卡，哈谢克，穆齐尔，布洛赫，贡布罗维奇。他们都反对浪漫主义；他们对前巴尔扎克小说与自由主义思想深表欣赏（布洛赫把媚俗看作是一夫一妻式的清教徒思想为反对启蒙时代而搞的阴谋）；他们面对历史以及对未来的狂热表现出警惕；他们的现代主义超越于先锋派的幻觉之上。

帝国的毁灭，以及后来一九四五年后奥地利文化的边缘化，再加上其他国家在政治上的地位丧失，使得中欧成了一面对整个欧洲可能的命运进行预见的镜子，成了黄昏时代的实验室。

【中欧（与欧洲）】*EUROPE CENTRALE*（*et Europe*）　布洛赫的出版商在他那些书的封底介绍文字中意欲将布洛赫放置到一个非常中欧化的背景之中：跟霍夫曼斯塔尔[①]、斯韦沃[②]等人相比。布

---

① Hugo von Hofmannsthal（1874—1929），奥地利作家。
② Italo Svevo（1861—1928），意大利小说家。

洛赫表示抗议。如果想把他比作某人，那就把他比作纪德或者乔伊斯！他这样做是想否认他的"中欧性"？不，他只是想说，当要把握一部作品的意义与价值时，民族、地区的背景是没有任何用处的。

【提弄】MYSTIFICATION　十八世纪出现在法国自由放荡者圈子内的新词，本身就很有意思[从"神秘"(*mystère*)一词派生而来]，专指一些仅以搞笑为目的的欺骗行为。狄德罗在四十七岁时，开了一个大大的玩笑，让德·克鲁瓦斯马尔侯爵以为有一个可怜的年轻修女在寻求他的保护。狄德罗连续好几个月内给深受感动的侯爵发去署着一个并不存在的女人的名字的信件。他的小说《修女》就源于这个提弄：这又给了我们一个喜爱狄德罗和他的时代的理由。提弄：一种不把世界当回事的积极方式。

【字体】CARACTÈRES　现在人们用越来越小的字体印书。我可以想象，文学如此终结：渐渐地，在人们丝毫不觉察的情况下，字体越来越小，直至变得根本看不见了。

【作品】ŒUVRE　"从草稿到作品，这条路爬着过来。"我无法忘记伏拉季米尔·霍兰[①]的这句诗。所以我拒绝把（卡夫卡）给菲莉斯的那些信跟《城堡》放在同一层次上来看待。

【作品编号】*OPUS* 作曲家的好习惯。他们只给他们认为"有价值"的作品一个作品编号。那些不成熟的、应景的或练习性的作品就没有编号。一部没有编号的贝多芬作品，比如《萨利埃里变奏曲》，确实差得多，但这并不让人失望，因为作曲家本人已经预先通知我们了。对任何艺术家来说根本性的问题：他真正"有价值"的作品是从哪一部开始的？雅纳切克四十五岁之后才找到了他的独创性。我每次听在此之前他留下的一些作曲作品都会感到痛苦。德彪西在他去世之前，毁掉了所有的草稿，所有他未完成的作品。一个作者可以为他的作品所尽的最起码的义务：将作品周围清理干净。

[①] Vladimir Holan（1905—1980），捷克诗人。

第七部分

**耶路撒冷演讲：
小说与欧洲**

以色列将它最重要的奖项颁发给世界文学，我认为这并不是一个偶然的事实，而是源于一个长久的传统。事实上，正是那些伟大的犹太人，远离他们的发源地，超越于民族主义激情之上，一直表现出对一个超越国界的欧洲的高度敏感，不是作为一块领土的欧洲，而是作为一种文化的欧洲。即使非常不幸地，犹太人被欧洲伤透了心，却仍然忠诚于这个国际性的欧洲，于是，以色列，这个犹太人终于重新找回了的小小祖国，在我眼中俨然成了欧洲真正的心脏，一颗奇特的、处于身体之外的心脏。

今天我带着极大的激动，领取这一带有耶路撒冷的名字以及这一伟大的犹太国际精神印记的奖项。我是作为小说家领取这一奖项的。我强调一下，小说家，我没有说作家。小说家是一位（照福楼拜的说法）希望消失在他的作品后面的人。消失在他的作品后面，也就是说拒绝公众人物的角色。这在今天并不容易。今天，任何略微有些重要性的东西都必须登上被大众媒体照耀得让人无可忍受的舞台，与福楼拜的意愿相反，这些大众媒体使作品消失在它的作者的形象后面。在这种没有人可以完全逃避的处境下，福楼拜的观察让我觉得几乎是一种警告：小说家一旦扮演公众人物的角色，就使他的作品处于危险的境地，因为它可能被视为他的行为、他的宣言、他采取的立场的附庸。而小说家绝非任何人的代言人，并且我要将这个话说透：他甚至不是他自己想法的代言人。当托尔斯泰写下《安娜·卡列宁娜》初稿的时候，安娜是一个非常不可爱的女人，她悲剧性的结局是应该的，是她应得的下场。而小说的最后定稿则大不相同，但我不认为托尔斯泰在其间改变了他的道德观，我觉得在写作过程中，托尔斯泰聆听了一种与他个人的道德信念不同的声音。他聆听了我愿意称之为小说的智慧的东西。所有真正的小说家都聆听这一高于个人的智慧，因此伟大的小说总是比它们的作者聪明一些。那些比他们的作品更聪明的小说家应该改行。

但这一智慧到底是什么？什么是小说？有一句精彩的犹太谚语：人类一思考，上帝就发笑。受到这一格言的启发，我总爱想象弗朗索瓦·拉伯雷有一天听到上帝的笑声,就这样孕育出第一部伟大的欧洲小说的想法。我喜欢想象小说的艺术是作为上帝笑声的回声而来到这世界上的。

可为什么上帝看到思考的人会笑?那是因为人在思考,却又抓不住真理。因为人越思考,一个人的思想就越跟另一个人的思想相隔万里。还有最后一点,那就是人永远不是自己所想的那样。早在现代的黎明时期,在刚刚从中世纪走出的人身上,人的这一根本处境就显示出来了:堂吉诃德思考,桑丘也思考,然而不但世界的真理,而且连他们自己自我的真理也找不到。最早的欧洲小说家看到并抓住了人的这一新处境,并在这一新处境之上建立起新的艺术,即小说的艺术。

弗朗索瓦·拉伯雷发明了许多新词,这些新词后来都进入了法语以及其他语言,但其中有一个词被遗忘了,令人遗憾。就是 *agélaste* 这个词;它是从希腊语来的,意思是:不会笑的人,没有幽默感的人。拉伯雷厌恶那些不会笑、没有幽默感的人。他怕他们。他抱怨说那些人那么"充满恶意地反对他",使他差一点停止写作，而且永远搁笔。

在小说家与不会笑、没有幽默感的人之间是不可能有和平的。那些人从未听到过上帝的笑声，坚信真理是清晰的，认为所有人都必须想同样的事情，而且他们本人完全就是他们所想的那样。但是，正是在失去对真理的确信以及与他人的一致的情况下，人才成为个体。小说是个体的想象天堂。在这一领地中，没有任何一个人掌握真理，既非安娜，也非卡列宁，但所有人都有被理解的权利，不管是安娜，还是卡列宁。

在《高康大和庞大固埃》的第三卷中，欧洲历史上第一个伟大的小说人物巴奴日一直受到一个问题的困扰：他是否应该结婚？他向医生、卜者、教授、诗人、哲学家请教，那些人一个个向他引述希波克拉底、亚里士多德、荷马、赫拉克利特、柏拉图。但听了这些占据了整卷书的庞大渊博的研究之后，巴奴日还是不知道他是否应该结婚。我们这些读者也不知道。不过，我们从各个可能的角度探讨了这位不知道是否应该结婚的人物既可笑又基本的处境。

所以，拉伯雷的渊博虽然无以复加，但跟笛卡儿的渊博意义不同。小说的智慧跟哲学的智慧不同。小说并非诞生于理论精神，而是诞生于幽默精神。欧洲的失败之一就是从来都没有理解最欧洲化的艺术——小说；既没有理解它的精神，又没有理解它巨大的知识与发现，也没有理解它的历史的自主性。从上帝的笑声中获得灵感的艺术从实质上看不从属于意识形态的确定性，而是与这种确定性相矛盾。像帕涅罗珀一样，小说家在夜里拆掉那些神学家、哲学家和学者在前一天编成的织毯。

最近一段时期，人们习惯说十八世纪的坏话，甚至有了这样的成见：俄国极权制度造成的不幸是欧洲的作为，其罪魁尤其是启蒙时代无神论的理性主义，因为它信仰理性万能。我并不觉得自己有能力跟那些认为伏尔泰应该对古拉格负责的人争论。但是，我觉得我有能力说：十八世纪不光是卢梭、伏尔泰、霍尔巴赫[①]的世纪，而且是（尤其是！）菲尔丁、斯特恩、歌德和拉克洛的

[①] Baron d'Holbach（1723—1789），法国哲学家。

世纪。

在所有那个时代的小说中,我最喜爱的是劳伦斯·斯特恩的《项狄传》。这是一部很有意思的小说。斯特恩是从项狄被他母亲怀上的那个晚上讲起的,可他刚刚开始讲这件事,马上就有另一个想法吸引他了,而这一想法,通过自由的联想,又引出另一段思考,然后又是另一段轶闻趣事,以至于一个离题接着另一个离题,而作为书的主人公的项狄在足足一百来页中被遗忘了。这一组织小说的奇特方式可能会被看作只是一种简单的形式游戏。然而,在艺术中,形式从来都不仅仅是形式。每一部小说,不管怎样,都对一个问题作出回答:人的存在是什么,它的诗性在哪里?跟斯特恩同时代的人,比如菲尔丁,主要是体味行动与冒险的非凡魅力。暗藏在斯特恩小说里的答案则不同:诗性,照斯特恩的看法,并不存在于行动中,而存在于行动的中止中。

很可能,在这里,小说与哲学间接地开始了一场伟大的对话。十八世纪的理性主义建立在莱布尼茨那句著名的话上:*nihil est sine ratione*。即没有一件存在着的事物是没有理由的。被这一信念鼓舞的科学带着热情审视一切事物的"为什么",以至于一切存在似乎都是可以解释的,也就是可以计量的。一个希望自己的生活有意义的人会放弃没有原因与目标的每一个行为。所有的传记都是这么写出来的。生活好像是一系列原因、结果、失败与成功的明亮轨迹,而人,用急迫的眼光紧紧盯着他行为的因果之链,更加快了他的疯狂之旅,奔向死亡。

面对这一将世界简化为一系列因果关系的事件的做法,斯特恩的小说仅凭它的形式,就向人表明:诗性并非在行动之中,而在行动停止之处;在因与果之间的桥梁被打断之处,在思想于一种温柔、闲适的自由中漫游之处。斯特恩的小说告诉人们,存在的诗性在离题中。它在不可计量中。它超越于因果关系之上。它是 *sine ratione*,也就是没有理由的。它超越于莱布尼茨的那句话之上。

所以我们判断一个世纪的精神不能仅仅依据它的思想,它的理论概念,而不去考虑它的艺术,尤其是它的小说。十九世纪发明了火车,黑格尔确信他把握住了普遍历史的精神本质。福楼拜则发现了愚蠢。我敢说,这才是那个因它的科学理性而无比自豪的世纪最伟大的发现。

当然,早在福楼拜之前,人们就不怀疑愚蠢的存在,但当时人们对它的理解有些不同:它被视为只是缺少知识,是一个可以经过教育而改正的缺点。然而在福楼拜的小说中,愚蠢是与人类存在不可分离的一个范畴。愚蠢一天天地伴随着可怜的爱玛,伴随到她做爱的床上,伴随到她死去的床上。就在她死去的床边,两个可怕的不会笑、没有幽默感的人,郝麦与布尼贤,还在那里长久地互相说着蠢话,仿佛在念悼词。但在福楼拜关于愚蠢的思想中,最让人震惊、最令人愕然的是:愚蠢面对科学、技术、进步、现代性并不遁去,相反,它水涨船高地随着进步一起进步!

福楼拜带着一种不无恶意的激情,收集了他身边的人为显示自己聪明、显示自己什么都知道而说的陈词滥调。他用这些材料编出了著名的《庸见词典》。让我们借用一下这个名称来说:现代的愚蠢并不意味着无知,而意味着固有观念的无思想性。福楼拜的发现对世界的未来而言,比马克思或者弗洛伊德最有影响的思想还要重要。因为我们可以想象没有阶级斗争或精神分析的未来，但不能想象没有不断增加的固有观念的未来。这些固有观念被记录在电脑中，通过大众媒体传播，有可能很快成为一种压倒一切独创的、个体的思想从而扼杀现代欧洲文化的实质的力量。

在福楼拜想象出爱玛·包法利大约八十年之后，在我们这个世纪的三十年代，另一位伟大的小说家，赫尔曼·布洛赫，谈到了现代小说与媚俗浪潮搏斗的英雄壮举，但最终还是被媚俗打翻在地。"媚俗"一词指不惜一切代价想讨好，而且要讨最大多数人好的一种态度。为了讨好，就必须确定什么是大家都想听的，必须为固有观念服务。所谓"媚俗"，就是用美丽、动人的语言表达固有观念的愚蠢。它惹得我们为自身，为我们平庸的感受与思想一掬热泪。在五十年后的今天，布洛赫的话变得更加具有现实性。由于必须讨好，也即必须获得最大多数人的关注，大众媒体的美学不可避免地是一种媚俗美学；随着大众媒体包围、渗入我们的整个生活，媚俗就成了我们日常的美学与道德。直到不久以前的时代，现代主义还意味着一种对固有观念与媚俗的反保守主义的反叛。今天，现代性已经与大众媒体的巨大活力相融，成为现代人就意味着一种疯狂的努力，竭力跟上潮流，竭力与别人一样，竭力比那些最与别人一样的人还要与别人一样。现代性已披上了媚俗的袍子。

不会笑、没有幽默感的人，固有观念的无思想性，媚俗：这是与艺术为敌的一只三头怪兽。艺术作为上帝笑声的回声，创造出了令人着迷的想象空间，在里面，没有一个人拥有真理，所有人都有权被理解。这一想象空间是与现代欧洲一起诞生的，它是欧洲的幻象，或至少是我们的欧洲梦想。这个梦想已多次被背叛，但它足够强烈，将我们所有人统一到远远超越我们小小欧洲大陆的博爱之中。但我们知道一个个体被尊重的世界（小说的想象世界，欧洲的真实世界）是脆弱的，是会灭亡的。我们看到在地平线上有成群不会笑、没有幽默感的人在伺机进攻我们。而正是在这个没有宣战却永远存在着战争的时代，在这个命运如此戏剧化、如此残酷的城市，我决定只谈小说。也许你们都明白了我并非是要在所谓严肃的问题面前回避。因为，假如说欧洲文化让我感到今天是受到威胁的，假如说它最珍贵的东西从外到内都受到了威胁，包括它对个体的尊重，对个体独创的思想以及对个体拥有不可侵犯的私生活权利的尊重，那么，我觉得，这一欧洲精神的可贵本质就像珍藏在一个银匣子中一样存在于小说的历史之中，存在于小说的智慧之中。在这个答谢辞中，我愿意向这一智慧致敬。但我应该就此打住了。我几乎忘记上帝在笑，他看到了我在思考。

Milan Kundera
L'art du roman

Copyright © 1986, Milan Kundera
All rights reserved
All adaptations of the Work for film, theatre, television and radio are strictly prohibited.

图字：09-2003-373 号

图书在版编目(CIP)数据

小说的艺术/(法)米兰·昆德拉著;董强译. —
上海:上海译文出版社,2022.2
ISBN 978-7-5327-8982-5

Ⅰ. ①小… Ⅱ. ①米… ②董… Ⅲ. ①小说理论
Ⅳ. ①I054

中国版本图书馆 CIP 数据核字(2022)第 019454 号

小说的艺术	MILAN KUNDERA	出版统筹	赵武平
L'art du roman	米兰·昆德拉 著	责任编辑	李月敏
	董强 译	装帧设计	董茹嘉

上海译文出版社有限公司出版、发行
网址：www.yiwen.com.cn
201101 上海市闵行区号景路 159 弄 B 座
上海市崇明县裕安印刷厂印刷

开本 890×1240 1/32 印张 6.75 插页 2 字数 75,000
2022 年 4 月第 1 版 2022 年 4 月第 1 次印刷

ISBN 978-7-5327-8982-5/I·5576
定价：48.00 元

本书版权为本社独家所有，未经本社同意不得转载、摘编或复制
如有质量问题，请与承印厂质量科联系，T：021-59404766